U0164418

有甜甜，而後有蜜蜜。

# 蜜蜜

岁月

# 序

記得香港有一位女慈善家，身後把近千億的遺產儘數捐出作慈善用途。看著那輛被鮮花包裹著，獨一無二的靈車載著她的遺體緩緩離去的時候，心想：「應該要為她的慈善之心寫點什麼。」

十多年來，這個念頭不斷在我腦海中浮現，我這平凡而無知的人生，竟然慢慢地萌生出《蜜蜜歲月》中許素貞這位人物形象。真的，說來你也許不會相信，我就這樣隨筆寫下去，完稿後才發現，有些情節竟與這位女慈善家的生平事跡頗為相似。

我不敢說這是她在冥冥之中的指引，就權當是小說情節的巧合吧。

然而，我敢相信，這位女慈善家的拳拳慈善之心一定會永遠為人們所銘記。

在這個世上，也許只有歡樂人和苦行僧兩種。然而，樂亦不樂，苦亦不苦，全在於心。只要秉持一顆善良的心去待人處世，總會有「天時、地利、人和」的一天的。

小說《蜜蜜歲月》的主人翁許素貞的靈魂始終恪守住一顆善良、清明之心，在這滾滾紅塵之中沉浮五千年，

矢志不渝，終得善報。但願她能陪伴我和你，用人生的「酸甜苦辣鹹」，去培育屬於我們自己的豐碩成果。

　　小說《蜜蜜歲月》得以順利出版發行，首先要衷心感謝紅出版林達昌老師，他的熱情鼓勵和諄諄教導，讓我受益終生。在此，還要衷心感謝所有為《蜜蜜歲月》付出辛勞的朋友，衷心感謝喜歡《蜜蜜歲月》的所有朋友。


楊柳

二〇二二年六月二十八日於香港

# 目錄

上部

前
生
緣

# 1

八月十五的夜晚，一輪皎潔的圓月把如水的月光灑向人間，像是給大地披上了一襲銀色的輕紗。此時，錢塘江畔春華漁村的人們正在品酒賞月，喜氣洋洋，慶祝中秋佳節。

時至午夜，突然烏雲蔽月，狂風大作，錢塘江水掀起十丈高的巨浪，一波接一波地湧向春華漁村，嚇得村民爭相走避，想躲過即將到來的滅頂之災。但是，他們並不知道，這場突如其來的災難其實是江底一隻黑鯊精的報復。

因為牠的兒子小黑鯊在晨曦時分出來游泳嬉戲時，竟不幸離奇死亡，黑鯊精不問青紅皂白，一口咬定是漁民所為。所以，牠選擇在這個月圓之夜，水淹整個漁村，讓村內近千口人為牠的兒子小黑鯊陪葬。

錢塘江在黑鯊精的驅使下，江水翻滾，波浪滔天，驚動了一條在錢塘江清水灣修行了三千年正在待產的大白蛇。為了拯救漁村近千人的性命，大白蛇不顧自身安危，「嗖」的一聲衝出水面，將蛇身變長至一百丈，向層層巨浪攔腰掃去。牠趁浪平水退之際，直插水中，奮

力苦戰黑鯊精。最後，黑鯊精帶傷敗走，漁村得以保全。但是，大白蛇卻身負重傷，奄奄一息。就在這即將一屍兩命的危急時刻，一道佛光照耀在大白蛇身上，不僅令牠起死回生，還順利地誕下了蛇女。

大白蛇慌忙起身叩拜觀音娘娘，萬分感謝觀音娘娘的救命之恩。

觀音娘娘說：「白蛇，你心地善良，捨命拯救近千名村民，令人感動。你的女兒雖有福氣，卻要歷經七七四十九次劫難。但牠與我有緣，今天且隨我去，將來你們定然會再成為母女。」

大白蛇聽罷，雙手將女兒高舉過頭，交與觀音娘娘。牠再次俯首叩拜，說：「感恩觀音娘娘垂憐！」

⋯⋯

觀音娘娘說大白蛇和蛇女將來會再成為母女，將來，到底是多少年後的將來呢？

## 2

不知過了多少年後的一天，有一對年輕夫婦來到了海邊。

「強哥，強哥，快來看，我終於看到大海了！」李倩邊跑邊喊，向著廣闊無際、波濤滾滾的碧海奔去。她那粗布衣服、烏黑長髮被海風向後吹起，整個身子像要飛起來一樣。

「欸，倩妹，來了！」許強放下破爛的擔子（一床發黃的棉被和兩包殘舊的衣物），高聲回答。

倆人手牽著手，踢踏著細沙，衝進了鹹苦的大海裡。站在齊腰深的海水裡，極目遠眺，幾隻海鷗從海中漂浮著的小島上飛起，向著海面俯衝，旋即升起、飛翔；再俯衝、升起、飛翔……無風三尺的海浪前仆後繼地澎湃著，發出「嘩啦」、「嘩啦」的歡叫聲，像是大海的心跳。李倩被海水簇擁著，仿佛是孩兒拉扯著她的衣服，撫摸著她的肌膚。李倩頓時覺得自己和大海在一起呼吸，心中升起一種莫名的期盼和嚮往。她轉過身，深情地看著許強的眼睛，說：「強哥，我們就在這裡安家吧！」

「好，倩妹喜歡，我就喜歡！」許強點點頭，笑著說。

許強忠厚老實，算不上英俊瀟灑，卻也強壯魁梧；李倩苗條俊俏，重情重義，倆人可算是絕配。在河北，別人為生計大都勇闖關東，但許強、李倩婚後不久，就決意南下，尋求安穩的日子。

如今，他倆似乎找到了。

在漁村鄉親們的幫助下，他倆修葺了一間被人遺棄已久的破舊草屋，就這樣定居下來。

北方人來海裡找生活，難啊！不要說結網捕魚，駛船掌舵，光游泳暈浪就夠學夠受的了。好在倆人年輕力壯，心靈手巧，肯問肯學，又不怕勞苦，幾個月下來，便都成了捕魚、織網的好手。

許強天天幫別人捕魚、賣魚，每次都能分得些錢銀。李倩在家幫忙織網、補網，又料理家務，小日子也算過得安安穩穩。

一年後的一個傍晚，許強回家，還沒到家門，就大聲地喊：「倩妹，倩妹，你看我今天分了多少錢？」

沒有回音。

許強一步跨進門，一股菜香和酒香撲鼻而來。他暗忖：「今天是什麼好日子？不是結婚紀念日，也不是生日呀！」

這時，李倩端著一碗許強最喜歡吃的紅燒肉從廚房走出來，邊走邊說：「強哥，你回來得正好，快來嚐嚐，合不合你的口味！」接著遞過筷子，笑盈盈地連聲說：「強哥，強哥，坐，坐，嚐嚐！嚐嚐！」

許強受李倩的情緒感染，也樂活起來，一面應著「好」、「好」，一面張大嘴，接下了李倩餵來的一大塊紅燒肉。頓時，他只覺得一股肉香從鼻裡嘴裡，一直沁入心肺，而那塊紅燒肉不油不膩，又鹹又甜，又柔又軟，來不及咀嚼，已化成肉汁肉醬，向食道緩緩流去。還沒等他把肉嚥完，李倩的一杯白酒又餵到了嘴邊。許強抿著嘴唇，把酒慢慢吸入口中。此時，他聞到了酒香，嚐到了酒辣。而待酒水潤到了舌根處，便由香辣品到了甘甜。

「好肉！好酒！」

許強稱讚著，一把將李倩擁入懷裡，輕輕吻在她溫暖柔軟的櫻唇上，一秒鐘……一分鐘……直到二人透不過氣來才鬆開。接著，他湊在李倩耳邊，悄悄問：「倩妹，今天是什麼好日子？」

李倩莞爾一笑，沒有回答，拉著許強到房裡，將一套嬰兒的衣褲放在他的大手上。許強這才完全明白：今天真是天大的喜日子，他，許強，要做爸爸了，要當父親了！

　　狂喜之下，許強將李倩抱在懷裡，不停地旋轉，直到不支坐在地上，但仍然將李倩緊緊抱在胸前，不捨得放開。

　　夜深了，在李倩腹部又聽又說了整晚的許強終於睡著了。李倩摸著許強一頭濃密的頭髮，摸著他的額頭和臉龐，喃喃地說：「真是個傻孩子，比孩子還孩子氣。」

## 3

　　聽說李倩有了身孕，漁村遠近的鄉親們都來道喜。其中有他倆曾經幫助過、接濟過的人，也有聽到消息慕名遠道而來探望的人，一時門庭若市，熱鬧非凡。鄉親們送的禮物堆滿了一桌，雞蛋、糯米、糖、布料，還有魚蝦等海產，各式各樣。雖然大家都並非大戶人家，送的禮物不多，也很平常，但這片心意卻是無比的珍貴。

　　許強在屋外場坪上接待客人，石頭、木樁、土墩都是凳子。李倩請大家坐下，奉上熱茶和自家生產的花生、葵花籽。連聲說：「感謝鄉親們一直以來的關心照顧，今天沒有好東西招待大家，真是對不起！對不起！」

　　住在許強、李倩附近的王家大伯大媽一早就過來幫忙。待客人散去，王大伯對許強說：「孩子，你現在是快當爹的人了，家裡的擔子愈來愈重，光靠給別人打工賺錢是不行的。最好自己有艘船，收入會多些。」

　　「王大伯，你說得對，但我手上的積蓄不多呀！」許強苦惱地說。

　　王大伯指著五里外的那座山莊說：「那裡有位白員外，你可以去向他租艘船，先租後供，運氣好的話，三、

五年供完，就成自己的船了。」

　　許強和李倩商量了一下，覺得王大伯講的有道理。於是第二天一大早，許強便到山莊，想要向白員外租船來供。

　　白氏山莊坐山面海，山上林木茂盛，大海碧波萬里，一看就知道是風水寶地。許強走近一看，兩人高、漆黑發亮的大門前竟有一對活靈活現的大石獅，門楣上一塊寫著「白氏山莊」的橫匾高高懸掛著。

　　許強上前說明來意，就隨門衛去見白員外。白氏山莊有三進門，門與門之間相隔 50 米，到大廳得走 150 米。大廳左右是兩排廂房，前後是兩個大院，加上花園、跑馬場，足足佔地 3 萬多平方米。

　　白員外見許強來，也沒多說，就讓他去刁管家那裡簽契約。刁管家滿面橫肉，算盤卻打得「吧吧」的響，他對許強說：「租一艘小漁船十塊大洋，每月供五塊大洋，五年供清，總共三百一十塊大洋。如果五年還不清，則按五成息算，即欠一百塊大洋就要還一百五十塊大洋。你同意就趕緊簽，我忙著呢！」

　　許強心想：「在收購站簽年約，一月最多賺五塊大洋，交了供金，一個銅錢也不剩，吃什麼呀！」

　　許強心裡正在七上八下的時候，刁管家突然發火了，

說：「你還猶豫什麼？我家老爺心善，給你優惠，去別家，十成息！願簽就簽，不簽就快滾！」

「為了這艘船，豁出去了，好，簽！」許強想著，咬咬牙，簽了契約。

有了船，為了家，許強起早貪黑，風裡來，雨裡去，拼了命地捕魚賺錢。李倩雖然肚子一天比一天大，但也沒有閒著，除了悉心安排好丈夫的衣食住行之外，還料理家務，養雞餵豬，種菜澆園，一天到晚，沒有停手的時候。

日子，就這樣一天天、一月月地過去，倆人的感情也更深厚更甜蜜了。

# 4

李倩臨盆的日子快到了，漁村的接生大媽非常關心，接連來回看了幾次。雖說一切正常，但許強仍然打算歇網一星期，全程照顧李倩。

晚上，許強在房中又提起歇網的事，李倩舒服地靠在許強結實的胸膛上，說：「強哥，你安心出海捕魚吧，我們的孩子出生要穿的新衣新褲已經準備了好幾套；我月子中吃的雞呀、蛋呀、糖呀、面呀，都非常齊全充足，你就開開心心準備做爸爸吧！」

「好，聽你的。但孩子出生後，我要好好陪你和孩子三天，寸步不離。」許強緊緊握著李倩的手，深情地說。

雙層塔形的燈座上，燈草燃起心形的燈火，閃耀著，照在倆人臉上，映出喜樂幸福的光彩。

下半夜，李倩搖醒許強，說：「強哥，快聽，要出事了！」

許強翻身起床，只聽見狂風呼嘯，暴雨嘩啦，這陣仗，兩年來還是第一次遇到。許強明白，這就是人們常提起的「超級颱風」！聽說上次的超級颱風令漁村船沉屋毀，畜死人亡，損失慘重，目不忍睹。

「我的船！」許強高叫一聲，一步衝出去，頂著狂風暴雨，飛快地向船停泊的地方跑去。

海邊，巨浪在颱風的肆虐下，排山倒海地向漁村撲來。幾艘未繫牢實的漁船，已被巨浪捲走吞沒。許強的那艘船正在風浪中劇烈地搖晃顛簸。那根繫船的椿柱已不見蹤影，幸好許強為了保險，將船在椿柱旁的樹幹上還繫上了一道繩子，才暫時保住了小漁船。但此時那株樹也快被巨浪連根拔起了。

在這千鈞一發的時刻，許強趕上前去，解開繩子，再緊緊地捆在自己身上，在齊胸深的海水裡，拼命地往岸邊走。但可惡的海浪一個接一個向他和小船劈頭打來，誓要將他連同小船一起葬入大海。許強掙扎著，但是，片刻已精疲力竭，寸步難行。眼看就要支持不住了，突然，一雙纖細有力的手抓住了許強。

「你怎麼來了？快走！這裡危險！」許強大聲喊道。

「不要講話，加油呀！」李倩堅定地大聲喊著，給許強打氣。

夫妻倆就這樣鼓足勁，拼命地，艱難地，在滅頂的驚濤駭浪中，一小步，一小步，向著岸邊挪去。

此時，在重沓的烏雲之上，卻是佛光普照，祥雲朵

朵。觀世音菩薩對歷經了七七四十九次劫難，修行近五千年的蛇女說：「素貞，你還有一世塵緣未了，去吧，好好作人，我在此等待你功德圓滿之日。」

素貞跪下叩拜觀世音菩薩，說：「蛇女感恩觀音娘娘多年教誨！蛇女必定銘記觀音娘娘法旨，好好作人，努力修行。」

「好，去吧！」

「蛇女就此拜別觀音娘娘！」素貞說完，徑直向雷雨中的李倩飛去。

這時，一道耀眼的閃電劃破漆黑的夜空，把李倩、許強和他倆的小船照得雪亮。風吹雨打中，李倩隱約聽到一個孩子的呼喚聲：「母親，不要怕，我來了！」那聲音既溫柔又堅強。李倩頓時感到腹部一陣陣錐心的疼痛，便大聲喊道：「強哥，我要生了！我要生了！強哥，好痛！」

「倩妹，不要怕！我在這裡！」許強繼續喊道：「倩妹，快，忍著痛，爬到船艙裡去！」許強一邊喊，一邊一手穩船，一手托著李倩爬上了船。

狂風在嘯，巨浪在吼，閃電剛過，一個驚雷響起，炸炸有聲，震耳欲聾。

「哇——」

一聲清脆響亮的哭聲，壓過了驚雷，劃破了長空。

「生啦！生啦！我的倩妹生了！我的寶貝女兒出世了！」

許強叫著喊著，迅速脫下貼身的布褂，使勁擰乾，將女兒包好，對李倩說：「我們的女兒出生在這鹹苦的大海裡，就叫她作『苦妞』吧。」

李倩欣然點頭。

許強拼儘力氣，用雙手抓住船頭左右兩邊，讓船不至於搖晃得太厲害。他望著雷電交加、漆黑的天空和波濤洶湧的大海，心中默默祈禱：「天神啊，海神啊，請你們保佑倩妹、苦妞母女平安健康，保佑我們一家快樂幸福吧！」

又一道閃電劃過，映照著許強和李倩虔誠祈求、衷心感恩的臉。苦妞「哇」的一聲又哭了起來，此起彼落的哭聲，伴隨著漸漸偃旗息鼓的雷雨。

終於，風停了，雨住了，浪歇了，海靜了，新一天的黎明迎來了滿天五彩的霞光。

# 5

　　許強在岸邊把船繫牢，確信絕對安全了，才小心翼翼地攙扶著李倩母女慢慢地回到家中。抬頭一看，他倆驚呆了，原來的房屋被風暴蹂躪得只剩下一個空架子。

　　許強趕忙燒熱水給李倩和苦妞洗淨、擦乾，在衣櫃底翻了一套乾爽柔軟的衣褲和一大塊布單，給李倩換上，把苦妞再度包好。接著許強整理好床鋪，讓她們躺下休息，再去煮了碗紅糖雞蛋面端給李倩吃。

　　許強正準備去修整房屋，卻被李倩叫住：「強哥，你快去王大伯家看看，順便給兩位老人家送些雞蛋面去。」

　　「好，我這就去！」許強應了一聲，盛了面就去了。

　　王大伯倆老無兒無女，生活淒苦，許強、李倩把他倆當父母般照料。此時，他們家裡桌倒凳翻，一片狼藉，兩位老人站在屋內不知如何是好。正在犯愁，見許強來問候，悲喜交集，拉著許強的手，輕輕拍了拍，哽咽著說：「孩子，你們有心了。」

　　「大伯，大媽，不要怕，有我們呢！」許強安慰著說。

　　聽說許強小倆口添了閨女，兩位老人高興得合不攏嘴。

大媽埋怨許強說：「你這孩子，怎麼能將她們母女倆丟下不管呢！」話音未落，拔腿就往許強家跑去。

「大媽，你慢點走，小心摔倒！」許強望著大媽的背影大喊。

許強幫大伯修整完房屋，直到午後才回到家。這時，王大媽已幫忙煮好了飯菜，還給李倩熬了一鍋香噴噴的雞湯。大家吃了飯，齊心合力，不到天黑，就把屋頂蓋好了。第二天，許強和李倩省出了一些米糧，一小袋一小袋地送給幾戶受災最嚴重的家庭。以後，許強每次出海捕魚回來，也不忘往他們家裡送上數條。雖然不多，但也是一片心意呀！

一場超級風暴，讓漁村損失慘重。但是，村民們守望相助，團結一心，互相關心，互相愛護，總算熬過了這場災難。

# 6

　　苦妞這孩子很心疼媽媽，兩歲時就嚷著要幫媽媽洗碗掃地。為了滿足苦妞的要求，李倩特意為她縫製了一件小圍裙，許強也特地給她編織了一把小掃帚。每次李倩洗碗，苦妞就站在小凳子上，一雙小手在水中劃來劃去，名則洗碗，實則戲水。李倩只當是乖女兒玩耍，從來沒有指望她能真正地幫忙洗碗。至於掃地，媽媽在前面掃，她就在後面左一帚右一帚地掃，很認真也很用力。

　　也許，在孩子們的世界裡，這些行為是一種真誠的付出，而成年人卻往往並不在意。

　　家裡養了一隻狗，身上的毛黑得發亮，但四隻腳上的毛卻是白色的。許強和李倩給牠取了一個很雅致的名字，叫「踏雪」。

　　苦妞很喜歡踏雪，有好東西，不管是吃的玩的，都要分些給踏雪；每天還要把踏雪的毛髮梳洗得油光閃亮。苦妞外出遊玩，踏雪總是在前面帶路；玩累了，苦妞就枕著踏雪睡覺；如果有人或其他動物擋在苦妞面前，踏雪就會毫不猶豫地衝上前，「汪汪」大叫，給苦妞清道。只要苦妞叫一聲「踏雪」，牠就會飛也似地跑來，搖頭擺尾地出現在苦妞面前。

苦妞六歲的時候，弟弟家旺三歲，妹妹家瑛才一歲。

　　這天，陽光燦爛，屋後兩畝地裡的油菜花開得一片金黃。那白的李花，粉紅的桃花，還有籬笆上紫色的喇叭花，都競相開放，似乎在爭奇鬥豔。蜜蜂忙碌著，蝴蝶飛舞著，幾隻美麗的黃鸝在枝頭歡快地跳躍鳴叫，聲音清脆悅耳。一陣陣和暖的春風吹過，帶來甜甜的花香，沁人心脾。

　　吃過早餐，苦妞背著妹妹，拉著弟弟的手出門玩耍。踏雪在前面帶路，她們很快就來到了海灘邊的高地。那裡，綠草如茵，各種顏色的小花撒滿一地。漁村的另外幾個孩子早就來了，他們笑著，追逐著，玩得很開心。苦妞放下妹妹，摘了幾朵花給她插在頭髮上，弟弟跑過來說：「妹妹好好看，姐姐，我也要戴，我也要戴！」

　　「你是男孩子，戴花幹什麼，去，追蜻蜓去。」苦妞笑著說。

　　這時，一個叫大寶的男孩子跑過來對苦妞說：「苦妞姐姐，我們來玩老鷹捉小雞的遊戲吧。」並自告奮勇地說：「我當老鷹，你做雞媽媽。」

　　「好。」苦妞說完，安置好妹妹，就召集其他大孩子，讓他們一個接一個排著長隊藏在自己的身後。然後，自

己彎下腰張開雙臂護衛著，大寶則兩邊來回跑想要捉住苦妞身後的「小雞」。

大家正玩得起勁，只聽見海邊突然傳來麗麗急促的求救聲：「救命呀！快來救命呀！我弟弟小明快要被海浪捲走了！」

苦妞聞聲直起腰來，吩咐家旺握緊妹妹家瑛的手，說：「家旺，看好妹妹！」

說完，飛也似地向小明奔去，踏雪也跟著跑去。

正值漲潮時分，海浪一波高一波地向上湧來。小明嚇壞了，呆呆地站在海水裡，眼看就要被潮水淹沒。苦妞一邊跑一邊對麗麗大聲喊道：「麗麗，快往高處跑，去我弟弟那裡！」

接著，便奮不顧身地衝進了海水裡。而踏雪也「汪、汪」叫著要往水裡衝去。苦妞急忙喝止：「踏雪，不准下水！」

踏雪只好擺擺尾巴，眼睜睜看著苦妞。那架勢，好像只要苦妞一有危險，牠就會立即衝進海裡施救。

苦妞在洶湧而來的潮水裡，一把抓住小明的手臂，就往岸邊拖。順著浪勢，苦妞終於把小明拖上了沙灘，然後背上他就往高地跑。踏雪在她倆身後，對著潮水「汪汪」

直叫，像是斷後的勇士。

晚上，小明的父母拉著兩個孩子的手，帶著禮物來感謝苦妞的救命之恩。苦妞躲在母親身後，不敢出來。李倩說：「不要謝，不要謝。大家鄉鄰鄉親的，苦妞應該這樣做。」

苦妞奮不顧身、英勇救人的事跡很快便傳遍整個漁村，村民們都讚揚說：「苦妞這麼勇猛果敢，真是我們村的『虎妞』。」

於是，從此以後，「虎妞」代替了「苦妞」。甚至數十年後，人們只知道有「虎妞」，而不知道有「苦妞」。

村裡的孩子們更是把虎妞當成偶像，不論發生什麼事，就都會說：「我要去告訴虎妞姐姐！」

## 7

　鄰村有個名叫黑仔的男孩子，大概十來歲吧，比一般的小孩高出一個頭，肥胖而有力。有一天，他聽到了苦妞的大名，就帶著五、六個孩子過來想炫耀自身的實力。

　苦妞和弟弟妹妹與其他小朋友正在高地玩得開心，看見黑仔他們來了，就熱情地打招呼：「黑仔，來，來，大家一起玩。」

　沒想到黑仔說：「好，你叫我一聲大哥，一切聽我的，我就和你玩！」

　其他幾個跟來的孩子也摩拳擦掌地隨聲附和：「對，拜大哥！快來拜大哥！」

　一眾小朋友嚇得連忙躲在苦妞身後。那時苦妞剛滿九歲，雖不算高大，卻也結實。看到這陣勢，便對身後的小朋友們說：「不要怕，沒事！」

　隨即左手向前一指，笑著對踏雪說：「踏雪，去，表演一下。」

　踏雪正憋著一股勁，聽到指令，「汪汪汪」大叫幾聲，齜牙咧嘴，箭也似的向黑仔他們衝去。黑仔沒料到苦妞會

有這麼一招，哪裡還敢停留，領頭轉身，撒開腳丫子跑回自己的村裡。

小朋友們都樂得哈哈大笑起來。踏雪望著黑仔他們遠遠逃去的背影，扎住四腳，昂著頭，像是一個打了勝仗威風凜凜的大將軍。

苦妞對大家說：「我只是想嚇嚇他們而已，沒想到他們跑得這麼快，希望他們不要被踏雪嚇壞了。」

沒過幾天，黑仔派人給苦妞送來了戰書，說是後天雙方各派三人對決，三局兩勝，條件是：不准放狗。

苦妞三歲的時候就已經跟著爸爸媽媽學寫字和算術。她聰明伶俐，思維敏捷，一學就會，一點就通。到了九歲，已是人人稱讚的小才女。

「好，允了！」苦妞看了信，對來人說。

第三天，晴空萬里無雲。在海邊高地上，兩個村子共有二、三十人觀戰，其中還有好幾個成年人。在這些人中，有的因為好奇，但多數是覺得好玩。一眼望去，兩個籃球場大的比賽場上，也可以說是人頭湧湧，人聲鼎沸了。

在海邊的漁村，人們成年累月捕魚賣魚，像這樣約

定比試，還是第一次。場上，多數人都遠遠地站在兩邊，只有幾個頑皮點的孩子在追逐叫喊，平添了幾分熱鬧的氣氛。

當張、王兩位村長入場時，全場鴉雀無聲。他倆是應邀前來當裁判的，只聽見張村長說：「孩子們，今天這場比賽，大家要本著『友誼第一，比賽第二』的精神，點到即止，不生氣，不傷人，倒地為輸。大家說，好不好？」

「好！」眾人一起高聲應答。

「請雙方參賽者出場！」王村長說。

張家村的黑仔繫著藍色腰帶，帶著大力和小兵出場，有點趾高氣揚；苦妞帶著大寶和細娃信步走出，信心十足。六個人在兩邊立定，一起向兩位村長鞠躬行禮。張村長說：「你們各有五分鐘安排人手，做好出賽準備。」

苦妞把大寶和細娃拉到跟前，悄聲說：「大寶，你身高力大，去戰小兵。小兵個子小，但較靈活，你設法抓住他不放手，待他掙扎得有氣沒力時，你就把他放倒在地上，壓住！」

「不怕，小兵那麼瘦小，我一下子就可以把他舉過頭，一定贏！」大寶蠻有把握地說。

「不要輕敵啊！」苦妞囑咐。

「苦妞姐姐講過『驕兵必敗』。」細娃也擔心地說。

「知道了，我會小心的。」大寶誠懇地接受勸告。

苦妞又對細娃說：「細娃，你身形雖小但身手靈活。大力雖然強壯，但肯定動作呆笨。你一上去就抓牢他的腰帶，任他摔打都不要放手，留住力氣。等他精疲力竭了，你就用絆馬腳把他絆倒，然後一隻手從他的褲襠位伸進去擼住大腿，另一隻手匣住他的脖子，用頭壓住他的臉，再用上身呈十字形牢牢壓在他的胸口上，不讓他有翻身的機會。」

「你倆記住了嗎？」苦妞問。

「記住了！」大寶細娃齊聲說。

「好，不要緊張，就像平時我們玩的那樣打就行了。」苦妞鼓勵說。

「好，明白！」大寶細娃肯定地回答。

這時，張村長大聲宣佈：「比賽開始！」

第一場，大寶對小兵，大寶勝；第二場，大力對細娃，細娃勝；第三場，黑仔對苦妞。

這可是全場最為矚目的一場比賽，能不能扳回一局，就全看黑仔了。黑仔素來鬥勇好強，從五歲開始，就帶著一群孩子四處打鬧，摸爬滾打，沒有誰能贏過他。而苦妞，因為父母是北方人，她天生就比一般同齡的孩子高大，在家裡，粗活重活搶著幹，練出了一身好力氣，對黑仔這一戰，也是信心十足的。

　　這時，夕陽西下，下海捕魚的人們陸續回來了。聽說有孩子們的精彩比賽，都趕來觀戰。比賽場上，一時擠得水洩不通。

　　「第三場，黑仔對苦妞，比賽開始！」張村長大聲宣佈。

　　村長話音未落，黑仔便搶先進攻，直衝過去，揮拳向苦妞面門打去，試圖一擊將對方打倒。苦妞見黑仔來勢兇猛，連忙將身向左一側，避過重拳，緊接著左腿一蹲，右腿向黑仔下路掃去。整個動作連貫，一氣呵成。黑仔眼明腿快，匆匆跳過，但還是腳步不穩，向前跑了兩步才停下。待他轉身再想揮拳之時，苦妞已飛步上前，右手中、食兩指直向黑仔雙眼戳去，嚇得黑仔急忙將頭後仰，並連連向後倒退。苦妞哪容得他退去，隨即以指變掌，在他左胸肩部輕輕一推，黑仔上身重心失去平衡，下身後退不及，重重地仰面跌倒在地上。

苦妞趕忙上前，伸出左手把黑仔拉起來，連聲說：「黑仔，對不起！對不起！」

「苦妞姐，你真行，我輸得心服口服，今後一切都聽你的。」黑仔站起來說，又心有餘悸地問：「苦妞姐，剛才你真的要戳我的眼睛嗎？」

「當然不會，那是嚇你的，逼你向後退而已。」苦妞笑著回答。

「苦妞姐，你這些打法是在哪裡學的？」黑仔又問。

「沒有在哪裡學，都是我自己想出來的。」苦妞說完，笑了笑，拍著黑仔的肩膀，又說：「以後大家都是朋友，有空就一起玩吧。」

這時，全場爆發出熱烈的掌聲。從此，虎妞的名字更加響亮，真是家喻戶曉了。

## 8

　　苦妞家的後面兩里處有一座小山，樹不多，卻草茂花艷。尤其是杜鵑花，春天一到，開得漫山都是，紅紅的一片，非常好看。站在山頂上，向南，可以看見漁村，再往前眺望，就是一望無際的大海；向北，有高山密林，還可以遠遠看見高山腳下的白氏山莊。

　　苦妞有時會帶著弟弟和妹妹去小山上玩，有時會和小朋友們一起去山上玩兵捉賊的遊戲，還有時會獨自去割草。不管做什麼，踏雪都會興沖沖地跑在最前面。

　　白家的獨子白仙石少爺今年十三歲，比苦妞年長二歲。仙石少爺長得標致，一副文質彬彬的樣子。他很喜歡大自然，也經常來到小山上和苦妞及其他小朋友玩。仙石少爺每次出來都會帶很多食物與大家一起分享。

　　這天，大家又在小山上會合了。中午，仙石少爺讓隨從把食物分給大家吃，自己則拿了三個雞蛋送給苦妞。

　　「為什麼老是拿最好的東西給我？」苦妞常常這樣問他。但他總是支支吾吾不敢說，臉一紅，轉身就跑了。

　　以後，大家一起玩久了，也就慢慢熟絡了。一天，苦

妞忍不住又這樣問：「仙石少爺，你為什麼對我這麼好啊？」

「我，我，苦妞，你是女英雄，我，我，我喜歡你！」仙石終於結結巴巴地講出來了。

「你是富人，我是窮人，我不喜歡。」苦妞理直氣壯地說。

仙石少爺聽了，偷偷看了看苦妞不開心的臉，頭耷耷地下山去了。

第二天，仙石換上粗布衣服，看上去和窮苦人家的孩子穿的差不多。他急急忙忙跑上山去，遠遠便看見苦妞在那裡割草，就喊道：「苦妞，看看，我是窮孩子了，你叫我仙石，或者叫我石頭，不要再叫我少爺了！」

仙石一邊喊著，一邊搶過苦妞手中的鐮刀，說：「我來幫你割草，我會割草！」說著，彎下腰就割了起來。

苦妞心裡有些感動。

仙石打從娘肚子裡生出來，從來就是衣來伸手、飯來張口地過日子，不要說割草，就連洗臉洗腳都是別人將水端進端出，給他洗好抹乾的。他一身細皮嫩肉，沒有受過一丁點兒苦。這會兒破天荒第一次割草，不知刀

怎樣拿，也不知草怎樣抓，手忙腳亂了沒幾下子，就弄得不是左手被草劃傷，就是右手被刺針破，滿手是血。苦妞趕忙拿過鐮刀，背上背簍，拉著仙石下山往家裡跑。

苦妞用鹽開水給仙石雙手洗傷口，再撒上藥粉，然後找了一塊乾淨的布包扎好。苦妞調侃他，說：「大少爺，還去割草嗎？」

「還去，先看你割草，幫你收草，傷好了就再幫你割草。」仙石倔強地回答。

一年後的一天，苦妞領著一群小朋友和仙石又在小山上玩耍。吃中飯的時候，仙石照例拿了三個雞蛋送給苦妞吃，並且問：「苦妞，你現在喜歡我了嗎？」

「不喜歡。」苦妞邊吃邊說。

「但是我，我，我還是，還是那樣喜歡你！」仙石又結巴了。

苦妞看見他窘迫的模樣，哈哈大笑起來。笑完了，她指著高樹頂上的一個鳥巢開玩笑地說：「仙石，你若真的喜歡我，就爬上去取個鳥蛋給我吧。」

仙石這兩年和苦妞他們一起玩，風裡來雨裡去，嬉戲幹活，有如鍛煉，身體強壯了不少，力氣也比以前大了很

多。他聽了苦妞的話，沒有作聲，立即跳起身，跑到那棵大樹下，一把抱住，拼命地向上爬。好不容易爬上了一半，經已氣喘吁吁、手乏腳軟了。樹下的小朋友都跳著喊著：「仙石，加油！加油！加油……」

苦妞卻為仙石捏著一把汗，自己本來是開玩笑的，想讓仙石知難而退，不料仙石卻當了真。望著仙石不顧一切艱難地往上爬的身影，心裡著實感動。

這時，仙石已經爬得很高，離鳥巢很近了。他站穩腳，一手抓住一根粗樹枝，一手伸進鳥巢，小心翼翼地只拿了一顆鳥蛋。

仙石心中一陣高興，把鳥蛋放進胸前的口袋裡，摸了摸，輕輕拍了拍，就一步一步小心地往下爬。突然，一腳踩空，仙石本能地雙手抓住樹枝。但是，手上的樹枝一下子難以承受整個身體的重量，只聽見「咔嚓」一聲，樹枝折斷了。仙石也隨即跌了下來，手腳朝天，重重地摔在地上。

仙石躺在那裡，久久沒有作聲，有幾個小朋友嚇得哭了起來。苦妞也嚇呆了，但是，她馬上回過神來，一步跨到仙石身旁，雙手捧住他的臉龐，大聲喊道：「仙石，仙石，你怎麼了！你怎麼了！仙石，仙石，你醒醒！你醒醒！」

過了好一陣子，在小朋友們的哭聲中，在苦妞不斷的呼喚聲中，仙石終於悠悠地醒了過來。他慢慢睜開雙眼，艱難地用手在胸口的衣袋裡取出那顆完好無損的鳥蛋，手臂微微顫抖著向苦妞伸去。他模模糊糊看見苦妞滿是淚水的臉，輕聲關切地問：「怎麼了，怎麼哭了？」又說：「來，接住，鳥蛋給你。」

　　苦妞哽咽著，說：「你呀，你真傻！」

　　說著，小心翼翼地把仙石背在背上，說：「忍著點，我送你回家。」

　　仙石雖然有幾處瘀傷，也有輕微腦震盪，但是，並沒有傷筋斷骨，也算是不幸中之大幸。不出半月，還沒等傷痊癒，仙石又出來找苦妞玩，倆人從此成了無話不談的好朋友。

　　雖然，十三、四歲的少男少女還難以明白愛情的真諦。但是，相互憐惜疼愛的種子，也許已在苦妞和仙石的心裡播下了。

## 9

　　李倩自從在寒冷鹹苦的海水裡生了苦妞以後，就落下了病根，身體一天不如一天。在苦妞十三歲的時候，李倩已經是整天腰酸腿痛，咳嗽不止。原本健康豐潤的她，變得有氣無力，骨瘦如柴，就像風車那樣只剩下個光架子。不要說下海捕魚，就連幹點家務活兒都累得喘不過氣來。許強心急如焚，把供船的錢都拿來買藥給李倩治病，但就是不見好轉。幸好二子家旺已十歲大了，可以幫媽媽做家務事，三女家瑛已經八歲，可以自己照顧自己，十三歲的大女苦妞就陪爸爸駕船出海捕魚。這樣，李倩也可以在家裡安靜休養。一家人的日子雖然過得清苦，但也是和和樂樂的。

　　這天，苦妞駕著船，掌穩舵，爸爸許強在船頭撒網捕魚。到了中午，大魚小魚已經有了一大簍。許強很高興，停下手，招呼苦妞吃飯，稍作休息。苦妞說：「爸爸，我們明天到前面小島那邊去捕魚，可能會有更多的收穫。」

　　「不行，那裡不能去。」

　　「為什麼？」苦妞滿臉疑惑地問。

「那裡是英國管的，不讓去！」

「那裡是什麼地方？」

「香港。」許強接著又說：「香港本來是我們中國的地方，被清朝政府租給了英國佬。」

苦妞眺望著遠方島嶼模糊的輪廓，覺得很陌生，遙不可及。

「苦妞，幹活了！今天漁獲多，我們早點回去，賣完魚，再買半斤豬肉回去，讓媽媽和弟弟妹妹高興高興。」

「欸，好嘞！」苦妞大聲應著。

返航回到海岸邊，許強牢牢實實地把船繫好，把漁獲分為兩部分，一大部分自己送到收購站。按合約，這是每天都要如數交納的，只有這樣才能賺取月費供船。剩下的一小部分就交給苦妞在市場上出售，換了錢，解決家庭支出。

苦妞將魚挑到市集上的時候，已經開始散集了。苦妞趕緊放下擔子，大聲叫賣：「喂，喂，快來買呀！剛從海裡捕來的新鮮魚呀！快來看！快來買呀！兩個銅錢一斤，買一斤送一斤呀！」

人們聽說又新鮮又有魚送，都爭先恐後地來買。其實，和市面上一個銅錢一斤是一樣的價錢。

賣到只剩下小魚大蝦的時候，集上的人已經不多了。苦妞又大聲喊：「小魚大蝦，一個銅錢一碗，買二碗送一碗，買五碗送兩碗，快來買呀！先到先得呀！」

人們聽到真的有魚送，一窩蜂湧過來，爭著來買，將苦妞攤子上的魚一掃而空。

「賣完了！賣完了！明天請早，天天有送！」

苦妞一面收拾擔子，一面和顏悅色地安慰那一個個一臉失望的買魚人。

附近賣魚的商販都嘖嘖稱奇，齊齊稱讚道：「苦妞這孩子，真是做生意的天才！」

# *10*

日子過得真快，轉眼苦妞就十五歲了。但是，李倩的病卻不見好轉。許強起早貪黑出海打魚養家糊口，想方設法給李倩治病。幾年下來，心力交瘁，未老先衰，身體瘦弱，兩眼昏花，走起路來也是跌跌碰碰的。他每天出海，儘管有苦妞幫忙，打撈的魚卻愈來愈少，莫說供船，有時連家裡買米的錢都沒有。

白氏山莊的刁管家來催了幾次，許強都苦苦哀求他寬限些時日。最後那次，刁管家陰陽怪氣地說：「許強，你都快拖欠一年的供款了，現在本金連利息整整三百塊大洋。不要說我不仁義，我再給你一個月，若然還交不出來，就拿苦妞給白老爺當家奴抵債。」

刁管家說完，帶著幾個家丁揚長而去，踏雪追著他們，「汪汪」大叫。

許強跌坐在地上，呼天喊地，嚎啕大哭：「天啊，這是什麼世道呀！這是什麼世道呀！」

李倩在病床上，抱著家旺和家瑛泣不成聲，哽咽著對苦妞說：「我苦命的孩子，媽媽對不住你！是媽媽害了你呀！」

「媽媽，千萬不要這樣講，你把我生出來，養了這麼大，怎麼說是害了我呢？我感激你還來不及呢！」苦妞說完，走到屋外把爸爸扶進來，她坐在床邊，堅強地說：「爸爸媽媽，我長大了，是為家裡排憂解難的時候了！只要能還清供款，要我去當家奴我就去當家奴，怕什麼！」

漁村的鄉親們知道許強家生活艱難，不時送菜送米給他，幫助解決燃眉之急。由於大家都是窮苦漁民，講到限期一個月內交清三百塊大洋欠款的事，都只能搖頭嘆息。

許強不分日夜，四處奔走了一個月，但在這窮鄉僻壤，又怎麼可能一下子湊夠三百塊大洋呢！

第三十一天，許強坐在門口，抱著頭，暗自流淚。踏雪站在許強前面，昂著頭，擋在路口。苦妞與弟弟妹妹在房裡，守在媽媽的病床前。苦妞對弟弟說：「家旺，你是家裡唯一的男孩子，今年十二歲，是大孩子了，姐姐走後，你要更堅強，更勤力幫爸爸打魚。將來長大了，撐起這個家。」又對妹妹說：「家瑛，你雖然小，但你要乖一點，聽媽媽的話，儘能力幫媽媽幹點家務活。」苦妞說完，問道：「你倆記住了嗎？」

「姐姐放心，我們記住了！」家旺、家瑛齊聲回答。

「汪」！「汪」！「汪」！這時，踏雪叫了起來。

一定是刁管家來了，家旺、家瑛抱著苦妞哭了起來。李倩不斷地咳嗽，淚流滿面，緊緊拉著苦妞的手，斷斷續續反覆地說：「孩子，媽媽對不起你！媽媽對不起你……」

「媽媽，你不要這樣想，你不要這樣說。你的病一定會好的，你要安心養病。你不要擔心我，我一定會回來的！」苦妞安慰媽媽，堅定地說。

在踏雪的怒吼聲中，刁管家和幾個家丁來到許強家門前，因為踏雪擋著，不敢走近，在遠處問許強，說：「許強，限期到了，廢話少說，是交錢還是交人？」

許強霍然地站了起來，大喊道：「錢沒有，人也不交，要命，有一條！」

「你這條賤命哪個要！來人，給我進去抓人！」刁管家大聲命令，幾個家丁聞聲向大門衝去。還沒起步，踏雪早已「汪汪」叫著撲了上去，嚇得家丁連連後退。

房裡的病床上，李倩緊緊握著苦妞雙手，不肯放開。苦妞對媽媽說：「媽媽，你放心，我一定會照顧好自己的，你要多保重，快快好起來。」

「家旺、家瑛，快來，好好扶著媽媽。」苦妞對弟弟和妹妹講完，便掙脫媽媽的手，跪下，給媽媽叩了三個響頭，起來，轉身向門口走去。李倩在病床上伸直雙手，默默流著淚，眼睜睜看著女兒苦妞走出了房門。

苦妞抹乾眼淚，邁出了房門，一眼就看見踏雪正要向刁管家等人撲去，立即呼喚：「踏雪，快回來！」

踏雪很聽話，立即「嗚嗚」哼著，搖擺著尾巴回到苦妞身旁，抬頭望著她，等待新的指令。

苦妞「咚」的一聲跪在許強身前，連叩三個響頭，說：「爸爸，女兒不孝，不能在你老人家身邊孝敬，還望你多多保重。還要記住，每天早些回家休息，別太勞累。」

說完，父女倆抱頭痛哭。

「好了！好了！又不是去死，有什麼好哭的。」刁管家說著，把一張抵債三百塊大洋的賣身契交給家丁，讓許強按手印。許強堅決不按，哭喊著，拉著苦妞的手死活不放。

「老東西，這麼麻煩！」刁管家話未說完，踏雪已衝了上去，咬住了一個家丁的衣袖。

「你這個老東西，還敢放狗咬人，我拉你去衙門坐牢！來人，給我打！」刁管家一邊狠狠地說，一邊指揮家丁上前打許強。

「住手！」苦妞大喝一聲，推開家丁，氣呼呼地喊道：「不准打我爹！我跟你們走！」

苦妞轉過身，招呼踏雪：「踏雪，鬆口，來，來我這裡。」

苦妞抱著踏雪的頭，輕輕撫摸著牠油光發亮的短毛，說：「踏雪，我走後，不要掛念我，幫我好好看著這個家。」

踏雪懂事地搖搖尾巴，嘴裡「嗚嗚」哼著，像是在嗚咽，一人一犬難捨難分。

苦妞走了，一步三回頭地走了。

許強望著苦妞漸漸遠去的身影，哭著，喊著，但是再怎麼呼喊也喚不回自己的寶貝女兒了。他低下頭，淚眼模糊中，看見右手大拇指上的紅印泥，突然發瘋似的跑進房中，跪倒在李倩的面前……

苦妞向前走著，頻頻回頭，望著這個她生活了整整十五年的家。那裡有爸爸，有媽媽，有弟弟家旺，有妹妹家瑛；那裡有親情，那裡有歡樂，那裡有她幸福的童年……她不知道，她不知道什麼時候才能再回到這個溫暖的家，更不知道前面等著她的，將會是什麼命運。

苦妞向前走著，走著，她越過田野，走過小橋，翻過山崗，穿過叢林，一直向前走。她不知道，她真的不知道，忠心的踏雪，在她後面很遠的地方，也跟著她越過田野，走過小橋，爬上山崗。那裡，是牠以前帶著苦妞和她的朋友常去玩耍的地方；那裡，可以望見白氏山莊。

踏雪在山崗上立定，望著苦妞穿過叢林，渡過小河，走進白氏山莊的大門。牠原先不敢叫，因為怕苦妞聽見會難過。現在，牠「汪汪」地叫了，牠希望自己的叫聲，可以隨著苦妞進入白氏山莊，可以陪伴著苦妞。牠多麼地希望自己能像以前那樣，在苦妞身前身後搖頭擺尾，撒嬌賣乖……

踏雪站在山崗上，面向著白氏山莊，久久地望著，不忍離去。

夜深了，家旺從屋裡出來，不見踏雪，正準備去找，卻見踏雪耷著腦袋回來，便上去摸摸牠的頭，說：「踏雪，怎麼了？」

踏雪在家旺身上挨了挨，沒有作聲。

「姐姐不在家，我知道你難過。」家旺抱著踏雪的頭，說道。

踏雪嗚嗚地哼了兩聲，在家旺身上再挨了挨，便走去簷下的窩裡趴了下去。踏雪在窩裡躺了一會兒就站了起來，牠記起苦妞臨行時的吩咐，決心要替苦妞守好這個家。雖然晚上沒有吃東西，但牠仍然抖擻著精神，在院子裡來回巡視。牠又走到大門口，側耳聽聽屋前屋後有沒有什麼動靜。待確認一切都安全了，牠才趴在大門旁邊的地上，將耳朵貼在地面，靜靜地聽著海浪拍打著海灘的聲音⋯⋯

「嘩啦——嘩啦——」

## 12

　　苦妞被刁管家押著，走進了白氏山莊的大門。所謂一入豪門深似海，雖然這裡不像皇宮官場那樣多的清規戒律，但也是家規家法森嚴，以後苦妞想要像以前那樣的自由快樂，想必是不可能的了。好在白員外是這方圓幾百里內難得的開明人士，估計也不會太為難一個十五、六歲的小女孩，更何況苦妞還救過仙石少爺呢。

　　白員外看到刁管家又抓來一個小姑娘，劈面就喝斥說：「讓你去收錢，你又抓個人回來幹什麼？」

　　「許強已經拖欠一年供款了，不抓他女兒來抵債不行啊！」刁管家滿肚子委屈地回答。

　　「只要他人在，以後慢慢再收就行了，不是有利息嗎！現在你把人抓回來了，人家怎樣去打魚還錢？」白員外繼續訓斥。

　　「是，是，老爺教訓得是。」刁管家嘴裡唯唯諾諾，連聲說「是」，但心裡卻恨得咬牙切齒，狠狠地想：「你這個老東西，真是活得不耐煩了，看我以後怎麼收拾你！」

白大太太坐在旁邊聽著看著，記起仙石曾說過喜歡苦妞，現在見到，果真長得苗條健美。雖然只有十五、六歲，卻婷婷玉立，嫵媚中還透出幾分英氣。白大太太暗自高興，卻不動聲色地對白員外說：「老爺，聽說苦妞曾經救過少爺，既然現在她來了，我看就留下吧。正好少爺沒人伺候，就讓她去做少爺的丫鬟，陪少爺學文習武吧。」

　　「既然大太太發話了，那就這麼辦吧！」白員外說。

　　白大太太轉過頭，吩咐貼身丫鬟翠紅，說：「翠紅，帶苦妞去換身衣服，明天送到仙石少爺那裡去，服侍少爺習文練武。」

　　「是，大太太！」翠紅應著，立即帶著苦妞去了。

　　白員外轉過頭來又叮囑刁管家：「刁管家，以後再也不准抓人來了，記住了！」

　　「是，是，是，記住了，老爺！」刁管家心中怨恨，但仍然低聲下氣地應道。

　　翠紅是莊上的丫鬟領班，深得大太太信任。第二天一大早，她將苦妞送到仙石少爺的房間後就走了。仙石拉著苦妞的手，說了很多思念的話。苦妞收回手，揶揄仙石，說：「大少爺，我是丫鬟，來服侍你的。」

上部 前生緣

51

仙石急了，趕緊申辯，說：「我絕對不會把你當丫鬟，我們是平等的。在這裡，我不會讓任何人欺負你。」

　　「知道了，逗你的，看把你急得，額頭上都冒汗了。」苦妞說著，拿出手帕給仙石擦汗。仙石輕輕握住苦妞的手，深情地說：「苦妞，我會一輩子喜歡你的！」

　　「是嗎？那就慢慢看你的表現吧。欸，讀書的時間到了。」苦妞說完，拉著仙石向書房走去。

　　進了書房，仙石鄭重地向苦妞介紹了教書的老先生，另外還介紹了一位與自己差不多年紀的青年人。

　　老先生姓楊，名承德，七十歲上下，頭髮花白，身材魁梧。他是宋代名將楊文廣的後人，少年時拜鳳山老祖為師，後隱居山林，不問世事。他不僅知識淵博，而且武藝高強。說起來白氏山莊教書的緣由，還有一段小小的故事。

　　五年前，白員外隻身去到遠在五百里外的龍山寶寺進香還願，感謝佛祖保佑他合家平安健康，幸福美滿。中午，應邀品嚐齋飯後，獲主持送出山門。當他進入五嶺山脈之後，遇到山賊襲擊。雖然白員外也有一身武功，但寡不敵眾，最終被擊倒在地。正當賊人一刀砍向他胸口的危急時刻，只聽見「噹」的一聲，刀刃竟偏向一邊，

「哧」的一聲插進土裡。接著一人飛來，三拳兩腿就打跑了山賊。他，就是當時威震江湖，讓賊人聞風喪膽的楊大俠。

白員外眼見山賊大敗而逃，趕忙翻身起來，跪地抱拳，感謝楊大俠的救命之恩。是夜，倆人在客棧痛飲暢談，甚是投緣。於是楊大俠在白員外的再三邀請下，來到白氏山莊當仙石的先生。

至於那位年輕人，他姓覃，名一平，與仙石同齡，因比仙石遲出生一天，故屈居表弟。一平唇紅齒白，溫文儒雅，和仙石一樣，堪稱玉樹臨風，一表人才。

一平早已聽說過仙石和苦妞的故事，見苦妞來，也沒有把她當成下人，三人一起坐下聽楊老先生講課。

楊老先生問苦妞叫什麼名字，苦妞說：「報告楊老先生，我叫『苦妞』。」

大家都笑了，弄得苦妞有點不知所措。仙石連忙圓場，說：「老師，『苦妞』是她的乳名，請您給她起個學名吧。」

楊老先生沉思片刻，說：「好了，以後你就叫『素貞』吧。」

三人一同鼓掌，都稱讚道：「這個名字起得好！」

楊老先生講課很生動，易懂易記。三人用心學習，進步神速。素貞雖然遲來，但她有父母教學的功底，加上勤奮好學，聰明伶俐，還有仙石的耐心輔導，三個月下來，已經能跟上進度，成績與仙石、一平不相伯仲了。

楊老先生在課餘時間還經常講故事給三人聽，除了講楊家將的故事，還講了岳飛、戚繼光、文天祥、屈原等名人的故事。三人聽了，不僅增加了知識，而且無形中還激發了嫉惡如仇、保家衛國的思想情感。

有一次，楊老先生對素貞說：「素貞，聽說你小時候帶著兩個朋友與人比賽，奪得了三局三勝的戰績，是嗎？」

「唉呀！老師，那只是鬧著玩的，怎麼好意思講呀。」素貞滿臉通紅，不好意思地馬上回答。

「不要緊，可以把當時的情況詳細地講一遍嗎？」楊老先生問。

「好的，老師。」素貞應了老師，又對仙石、一平說：「你倆，不准笑我啊！」

「不笑，不笑，佩服都來不及，怎麼會笑。」仙石、一平馬上回答。

於是，素貞便把當時的情況一五一十地講了出來。

楊老先生認真地聽完了素貞的敘述，說：「你們想聽一個『田忌賽馬』的故事嗎？」

「想聽，老師請講。」仙石、一平和素貞三人異口同聲地說。

「好，我講給你們聽。」楊老先生說完就娓娓地講了起來。

楊老先生說，田忌是齊國的大將，他經常和一眾公子賽馬。有一次賽馬，孫臏觀察了雙方參賽的馬匹，對田忌說：「將軍，你只管加重賭注，我一定會讓你取勝。」田忌對他萬般信任，以千金為賭注和齊王、諸公子賽馬。比賽前，孫臏對田忌說：「將軍，請用您的下等馬對他們的上等馬，用您的上等馬對他們的中等馬，再用您的中等馬對他們的下等馬。」賽事結束了，田忌一敗兩勝，贏得了齊王和諸公子的千兩黃金。最後，田忌把孫臏介紹給齊王，齊王向孫臏請教兵法，並封他為軍師。

楊老先生講完這個故事，再給大家作總結，說：「這就是歷史上有名的典故，乃揭示如何利用自己的長處去對付對方的短處，從而在競技中取勝。」楊老先生又稱讚素貞，說：「你小小年紀，謀劃行事就合兵家之法，可謂天

資聰穎。只要好好學習，將來必然有一番作為。」

「老師謬讚了，學生慚愧！還請老師多多教導，學生永世不忘！」素貞抬頭恭敬地望著楊老先生，真誠而謙遜地說。

上午習文，下午練功。素貞有氣有力，身手靈活，但談到武功，卻要從最基本的蹲馬步開始。頭個月「齋蹲」，即雙手握拳在腰，雙腿下蹲，一蹲就是三個時辰。第二個月，「武蹲」，即雙手提物，雙臂向前或向兩側平伸，每天三個時辰。第三個月，在第二個月所要求的基礎上，在頭上頂著一碗水，每天三個時辰。第四個月開始，每天蹲馬步兩個時辰，其他時間練習翻滾彈跳。第五個月起，每天蹲馬步一個時辰，其他時間除翻滾彈跳外，還會練些簡單的武術套路。如此練習，一年之後，素貞才正式操練較高級的刀箭武功。

素貞吃苦耐勞，聰敏過人，不到兩年，無論拳腳刀槍，都已能和仙石、一平過百招而不敗，且輕功還要高兩位師兄一籌呢。

## *13*

　　許強雖然沒有了債務，但家裡一貧如洗，一家四口的日常開支和給李倩買藥治病的負擔仍然壓得他喘不過氣來。幸好兒子家旺可以幫他出海打魚，隨著每天的漁獲不斷地增加，許強才慢慢緩過氣來。

　　天亮了，幾隻覓早食的海鷗在海面上飛翔，屋後樹上的小鳥也開始了歌唱。踏雪「汪汪汪」地送許強、家旺下海捕魚，又「汪汪汪」地跑回來看家，逗家瑛開心。春去冬來，春來冬去，踏雪就這樣儘忠職守，代替苦妞看護著這個家。

　　有時，踏雪也會去以前與苦妞和她的朋友常去的小山上，爬到最高處，眺望苦妞現在受苦的地方——白氏山莊。好幾次，牠甚至跑到白氏山莊的大門口，但馬上被兇惡的守門人趕走。牠繞著山莊近兩丈高的圍牆轉了一大圈，也找不到能讓牠鑽進去的狗洞。踏雪站在圍牆邊，抬頭呆呆地看著樹上「嘰嘰喳喳」叫的小鳥，仿佛在想：我的背上若是能長上一對翅膀該多好。但牠知道，那是不可能的。於是只得低著頭，邁開四腳，失望地往家裡跑去。

　　每次都是這樣，懷著滿腔的希望來，帶著一身的失望走。

就這樣，日子一天又一天，一月又一月地過去。可惜，踏雪卻不知道，牠的身體在這兩年間也一天又一天、一月又一月，由強到弱，逐漸地衰敗。

有一天，家旺、家瑛倆兄妹吃了晚飯出來乘涼，順便端些食物給踏雪吃。他們等了很久，才看見踏雪搖搖晃晃地走回來。兩人走上前一看，嚇了一大跳。眼前的踏雪，不知不覺間竟然變得瘦骨嶙峋，無精打采，原本漆黑發亮的短毛竟變得黯然失色，雜亂無章。

「怎麼了，踏雪！」兩兄妹，一個抱著踏雪的頭，一個撫摸著牠的身體，關切地問。

踏雪無力回答，哼了一聲，慢慢地走去窩裡趴了下來。許強見踏雪這個樣子，連忙端了一盞燈查看，李倩也由家旺、家瑛攙著，氣喘喘地走過來。第二天，許強請了一位獸醫來診治，發現踏雪並沒有什麼病。「莫不是前陣子家裡揭不開鍋，把踏雪餓壞了？」一家人這麼猜想，於是弄了好些牠喜歡吃的食物放在牠嘴邊。可是到了第三天早上，那些食物卻絲毫未動。

中午，當人們都歇息時，踏雪掙扎著站了起來，耷拉著腦袋，站在院子門口，盡量不讓身體搖晃。牠無力地望著眼前的房間，久久不忍離去。牠多麼想叫出聲來，但無論怎麼努力，也只能在鼻腔裡哼哼幾下，聲音小得

連牠自己也聽不清。牠實在不忍離去，但最終還是慢慢調頭，轉身走了……不知道什麼時候，踏雪離去了，留下的，是牠睡了十八年的温暖的窩，還有那碗牠平日最喜歡吃的食物。

下午，家瑛不見踏雪，著急地在屋裡屋外來回大聲呼喚：「踏雪，踏雪，你在哪裡？踏雪，踏雪，你快回來！」

但是，毫無回音。家瑛跑出去，看見不遠處鋤地的吳伯伯，便跑過去打聽。

家瑛問道：「吳伯伯，看見我家踏雪了嗎？牠生病了呀！」

「原先看見了，好像病得不輕啊！」

「吳伯伯，你看見牠往哪裡去了嗎？」家瑛急不可待地問。

「牠好像搖搖晃晃地往山那邊去了。」吳伯伯連忙回答，又說：「踏雪這一段日子好像天天都去那裡。」

家瑛看了看遠處的山崗，心裡想：那裡是踏雪帶姐姐和我們經常去玩的地方，莫不是踏雪每天都去山崗上眺望在白家的姐姐？家瑛很想立即去山崗把踏雪找回來，但又想到病床上的媽媽需要人照顧，只得先回家。李倩聽了家

瑛訴說的情況，激動不已，一定要家瑛攙扶著她一起去找踏雪。

正當家瑛左右為難，急得像熱鍋上的螞蟻，不知如何是好的時候，她的爸爸和哥哥回來了。許強聽了踏雪對苦妞無比忠心的事情，讚嘆不已，放下手中活計，立刻背著李倩，帶著家旺和家瑛去山那邊尋找踏雪。一家人急急忙忙越過田野，走過小橋，來到小山腳下。家旺和家瑛爭先往山上爬，一邊爬一邊喊：「踏雪——踏雪——你在哪裡？聽見了就快叫一聲！」

但是，沒有任何回響。家旺、家瑛找遍了他們以前玩過的所有地方，都找不到踏雪。家瑛站在那裡，想了想，說：「我知道了，你們跟我來！」

一家人向左邊的更高處走去，突然，家瑛叫喊起來：「找到了，踏雪在那裡！」

大家順著家瑛的手看去，只見踏雪站在最高處，向前眺望著，默默地，一動也不動，就像是一尊塑像。

「踏雪！踏雪！踏雪……」一家人呼喚著，跑向踏雪。

眼前的情景，讓他們驚呆了：踏雪撐開四腳牢牢地佇立在那裡，昂起頭，睜大眼，眺望著白氏山莊。那裡，

是苦妞正在受苦的地方。但是，但是……踏雪，牠早已停止了呼吸。

踏雪死了，踏雪真的死了。踏雪離開了這個讓牠戀戀不捨、充滿愛的世界。

許強一家淚流滿面，悲傷不已。許強急忙下山，請人用木板做了個棺材，將踏雪就地埋葬在那個高坡上，墓碑上刻著：愛犬踏雪之墓。

李倩深深為踏雪忠心護主的精神所感動，因而激發了對抗病痛的勇氣和力量。一家人忍痛告別踏雪，下山的時候，李倩竟然不需要許強背，只讓家旺和家瑛攙扶著慢慢向家裡走去……

## 14

　　白氏山莊裡有個練馬場，白員外以前天天都要騎著馬，在馬場跑上幾圈，然後看仙石、一平操練馬上的功夫。楊老先生興致好時，也會策馬表演楊家獨創的回馬槍法，每次都贏得在場觀眾的熱烈掌聲。白員外近年身體日漸瘦弱，已經很少來馬場一展身手了。不過，孩子們的操練，還是天天照常進行，白員外閒暇時也會來觀賞一番。

　　因為身體時有不適，白員外和白大太太商量好，備好祭拜供品，一起去二十里外的翠竹山觀音寺叩拜，誠心祈求大慈大悲、救苦救難的觀世音菩薩保佑白氏山莊所有人身體健康，出入平安，萬事如意，諸事順利。沐浴齋戒七日之後，白員外和白大太太分別騎馬坐轎，天未亮就啟程了。中午到達翠竹山觀音寺，倆人向觀音娘娘虔誠地頂禮膜拜，許下心願，添了許多香油錢。祭拜完畢之後，便離開觀音寺往回走。

　　走到離家十里的蟠龍鎮，忽然從街心傳來「救命！救命！」的呼叫聲和小孩子淒慘的哭聲。白員外趕緊策馬奔去，一看，是兩個滿臉橫肉的大漢正在踢打兩個倒地的孩子。白員外立即厲聲喝止：「住手！還不快給我

住手！」

　　話未說完，他跳下馬，揮拳打退兩個惡人。查問原因後，得知原來兩個小孩子乃乞丐，因幾天未有食物果腹，飢餓難耐，忍不住偷了攤主兩個包子，才被毆打。白員外警告兩個打人的漢子，說：「不就是兩個包子嘛，何必這樣往死裡打！更何況還是兩個小孩子。你們知不知道，這樣會打死人的！」

　　這時，圍觀的群眾也一起怒斥兩個惡人太狠毒。那兩個惡人也不敢再作聲，怯怯地溜到一邊去了。白員外給了攤主兩個包子的錢後，走回來扶起兩個孩子。一看，原來是一對小姐弟，姐姐十三歲，弟弟才十歲，他們因為災荒，全家四人逃難離開了故鄉。後來，倆人的父母在飢寒交迫、貧病交加下相繼離世，只剩下小姐弟孤苦無依地流落街頭，受盡凌辱。

　　白員外聽罷，不禁一陣心酸。這時，白太太太從轎裡走出來，見此情景，也無比憐憫，遂與白員外商量，決定將這小姐弟倆帶回白氏山莊。

　　回莊後，白太太太對廚房的李大媽說：「李媽媽，這兩個孩子身世淒慘，你好生照看，以後大些了，再看看有什麼適合的事讓他倆做。」

「是！」李大媽應了，立即去找了兩套合身的衣服，給她倆沐浴更衣。兩姐弟經李大媽這麼一打扮，讓人眼前一亮，就像兩朵小花般可愛。李大媽把他倆帶到大堂上，白員外和白大太太看了非常高興，立即拿了很多糖果給他倆吃，還打賞了李大媽。

這時，白二太太走過來，眼睛一斜，「哼」了一聲，說：「又多了兩個白吃飯的東西。」說完，屁股一扭，走了。

姐弟倆在莊裡很聽話，很勤快，不僅幫李大媽做些力所能及的事情，其他叔伯嬸嬸叫到，也樂呵呵地跑去幫忙，是以深得大家喜愛。小姐弟倆閒暇時，就去看望白員外和白大太太，有時也去看仙石、一平和素貞讀書練武，並偷偷地學習，且一學就會，真是聰明伶俐。楊老先生、兩位少爺、素貞都非常疼愛這一對小姐弟。楊老先生還給她倆取了名字，姐姐叫「玉瓊」，弟弟叫「玉清」。

一年後，玉瓊成為了白大太太的貼身丫鬟，而翠紅就專職統領莊中所有丫鬟。至於玉清，也被安排去幫忙服侍白員外了。

## *15*

　　按白氏山莊的規定，下人不得擅自出莊，違者，輕則杖刑二十，中則杖刑五十，重則杖刑八十。五十棍打下去，只剩半條命，八十棍打下去，必死無疑。素貞雖有仙石護著，但也不能外出。所以，在山莊三年，儘管心中萬分牽掛父母弟妹，也不敢回去。這天，素貞和仙石商量，讓仙石代為回去看望。仙石備了些禮物，就準備起程。素貞送到山莊門口，把這三年攢下來的三十六塊大洋，交予仙石，讓他帶給她的父母，說：「這點錢是我這三年來攢下的月銀，雖然不多，但代表了我的一片孝心。」

　　仙石也從懷中掏出一包大洋，對素貞說：「這是我攢的零用錢，一同交給伯父伯母吧。」

　　「你的錢我怎麼受得起呀！」素貞輕輕推了仙石一下，笑著說。

　　「那你就慢慢受吧。」仙石眨眨眼，笑了笑，風趣地說。

　　「仙石，路上小心，早去早回。」素貞邊說邊揮手，直到看不見仙石的背影才轉身走進莊門。

剛巧，這天楊老先生也應邀外出會友，只有素貞在馬場練馬上射箭，而一平在旁指導。素貞正練得起勁，突然，一隻雀鳥從馬頭打橫飛過，馬一驚，便瘋狂地向前奔跑，嚇得素貞險些從馬背上墮下。好在她機靈，緊緊抓住馬鬃，伏在馬背上。但受驚的馬狂跑狂叫，眼看素貞就要被馬拋下來，在場的幾個家丁都嚇呆了，誰也不敢冒著被馬踩死踏傷的風險去攔住飛奔的驚馬。就在這生死攸關的時刻，只見一個身影向前飛去。眾人定睛一看，原來是一平施展輕功，不顧一切地直衝向驚馬。一平趕上驚馬，一手抓住馬嚼子，拼命向後拉。驚馬稍稍減慢速度，但馬頸一昂，馬頭一擺，硬生生把一平摔去一丈多遠，頭下身上，重重地摔倒在地上。驚馬一聲長嘶，又要繼續狂奔，企圖把素貞也摔下去。就在這千鈞一發之際，一平翻身跳起，在空中轉體一百八十度，衝向馬頭，雙手再次死死地抓住了馬嚼子。此時，一平哪敢有絲毫遲疑，急急在雙腳運起千斤墜之功，牢牢地釘在地上。驚馬的頭被一平雙手向下拉扯著，再也不能動彈，只得乖乖地停下來。

　　「素貞，快，快下……」

　　一平伸出一隻手，想扶素貞下來，但話還沒說完，腿一軟，眼一花，就向後仰面跌倒在地上。

素貞從馬上跳下來，跪在一平的身旁，一邊用手擦去他臉上的血，一邊哭著連聲呼叫：「一平，一平，快醒醒，快醒醒⋯⋯」

這時，眾家丁一擁而上，把馬牽走，扶起素貞，用擔架把一平送到房裡救治。

幸好，一平的傷勢不重，流血不多，昏厥了一陣子就醒過來了。素貞一邊給他清洗，上藥包紮，一邊說：「看見你滿臉都是血，真的嚇死人了！」

「為了你的安全，我豁出命也願意！」一平真誠地說。

「別盡說傻話，好好安心休養吧。」素貞安慰他說。

這時白員外和白太太一同來探望一平，都要他安心休養，臨走時再三吩咐下人多燉些補品給他養身體。

下午，仙石回來，聽說一平因救素貞受了傷，很是感激，立即去房間探望，反覆感謝他捨身勇救素貞的大恩。

晚上，楊老先生帶回一個大木箱，把它放在房間的床下。之後，楊老先生去看望一平，盛讚他的武功和武德好，是仙石、素貞學習的好榜樣。

在仙石、素貞的悉心照料下，一平很快就痊癒了，但他左額眉梢處卻永遠留下了一個灰色月形的疤痕。

仙石在房裡，給素貞講述了這次去看望許伯父和伯母的詳細情況。素貞得知媽媽病情好轉，一家人生活有改善，非常高興。但聽說踏雪為自己死在小山上時，不禁悲從中來，啜泣不已。她和仙石商量，一定要設法儘快去小山上祭奠踏雪。

一天夜裡，兩個黑影「嗖嗖」一閃，從白氏山莊高高的圍牆上飛出，直向三里外的小山崗奔去。來到山腳下，倆人沒有停下，仍健步如飛，急急地奔往山頂，最後在踏雪的墓前停下。他倆將地面拂淨，把一束鮮花和一大包踏雪喜歡吃的食物放在牠的墓碑前。

倆人脫下面罩，原來正是素貞和仙石。這時，月亮好像也為踏雪的死而悲傷，躲進了烏雲裡哭泣，夜空只有幾顆星星難過地眨巴著眼睛。在那微弱的星光映照下，素貞臉上閃著兩行淚光，顯得格外的淒楚。素貞在心裡向踏雪道歉：「踏雪，對不起，我來晚了！」

素貞圍繞著踏雪的墳墓走了三圈，在墳頭摸了又摸，然後在墓碑旁邊挨著墳頭坐了下來，思緒久久不能平靜。她想起了踏雪搖頭擺尾的乖巧，她想起了踏雪狗捉耗子的頑皮，她想起了踏雪奮力救人的無畏，她想起了踏雪

寶寶歲月

勇鬥刁管家的雄姿，她想起了踏雪看家護院的忠誠，她想起了踏雪對自己生死相隨的情義……禁不住依著仙石哭出聲來，悲痛得不能自已。仙石也淚流滿面，但還是不斷地安慰素貞，勸她保重身體，不要太過悲傷。

素貞和仙石在踏雪墳前默默地站著，直到雞啼叫三遍了才依依不捨地返回白氏山莊。

一晃又過去了一年。是年八月十五，晚上皓月當空，月光潑灑下來，像給大地披上了銀色的輕紗。在白氏山莊後院，兩棵高大的桂花樹下，素貞依在仙石懷裡，聞著一束仙石送給她的桂花。這是仙石剛從樹頂攀折下來，最美最香的桂花。素貞摸著仙石身上天天穿著的粗布大褂說：「這麼多年，讓你穿這種只有窮人才會穿的衣服，真是苦了你。」

「我覺得這是一種幸福，因為它能讓我和你的心更貼近，跳得更有力。」仙石深情地回答。

「甜言蜜語，我中意！」素貞撒嬌地說，身體在仙石懷裡靠得更緊了。

「我時常想，光看表面是不夠的，愛一個人，就一定要表裡如一，偕老終生。素貞，我會一輩子愛你，疼你，用生命保護你！」仙石緊緊地抱著素貞，堅定地說。

「仙石，我相信你！」素貞扭過頭，輕聲對仙石說。
她轉過身來，也緊緊地抱著仙石，望著他盈盈深情的眼
睛，向雙唇輕輕地吻了下去。

# *16*

　　第二天下午，白員外命下人準備了一桌豐盛的酒席，與大太太一起為一平少爺餞行。因為明天一平少爺就要回家了。同桌的還有二太太、楊老先生、仙石少爺，一眾丫鬟僕人都在後面站著。仙石看見素貞站在自己身後，很是不忍，幾次想要父母應允讓素貞也坐下，都被素貞阻止了，無奈之下，只好作罷。

　　原來，一平少爺的父親在南洋做生意，這次回來接太太和兒子舉家遷往南洋，讓兒子也學著做生意，將來繼承家業。

　　席間，白員外說：「一平，你在這裡，我和你姨媽照顧不周，望你見諒啊！」

　　「一平，回家後代我們向你爸媽問好！」大太太囑咐說。

　　「一平賢弟，祝你旅途一帆風順，事業馬到功成。」仙石也向表弟送上美好的祝福。

　　楊老先生肯定了一平文學和武功的成績，並語重心長地囑咐他，說：「一平，為師希望你堅守優良品行，不忘初衷，

老老實實做人，正正當當做事，好好成家立業。」

「師父在上，弟子覃一平一定會銘記您的教誨，永遠不忘初衷，老老實實做人，正正當當做事，請師父放心。」一平起立抱拳，恭敬地對師父說完，又轉身對白員外、白大太太、仙石少爺說：「一平衷心感謝姨父姨母無微不至的關懷和愛護！衷心感謝表兄的美意。家父回來，身體抱恙，家母一人料理搬遷之事，緊迫繁忙，所以不能親自前來答謝，還請姨父姨母海涵。」說完，舉起酒杯，真誠地說：「讓我借花獻佛，以這杯酒表示對師父、姨父姨母、表兄的無比敬意！來，我先乾為敬！」

家宴結束，已經到了掌燈時分。一平對素貞說：「素貞，可否借一步說話？」

「可以。」素貞說完，看了看仙石，和一平來到一處僻靜之所。

「素貞，我明天就要離開了，不知什麼時候才能再次見面。有句話我今天一定要講給你聽。」一平一本正經地說。

「一平，你是我的救命恩人，有話儘管說吧。」素貞坦然地說。

一平聽素貞這樣說，似乎消除了幾分膽怯，於是鼓起勇氣說：「素貞，我知道表哥深深愛著你，但我，我，我也好愛你！」

　　一平結巴著說完，臉已經紅到了耳朵根。素貞聽到一平如此真誠的表白，也很感動，因為一平是曾經捨命救她的人！一平愛自己沒有錯，只是愛情是專一的呀！於是，她坦誠地對一平說：「一平，謝謝你愛我，但我的心、我的愛已經給了仙石。」素貞接著說：「一平，世界如此之大，你一定會找到一個愛你的女人的。」

　　一平聽了素貞的話，眼裡噙滿了淚花。他低下頭，從腰間解下一塊綠得通透的玉佩，雙手捧著，遞到素貞面前，低聲說：「這塊玉是我從小就佩戴在身上的，現在送給你作個紀念吧。」

　　「這塊玉是保平安的，你要遠行了，還是自己戴在身邊吧。」素貞輕輕推開一平雙手，婉言謝絕。

　　這時，仙石走過來，拍拍一平的肩膀，說：「我們都是這麼多年的好朋友，不要客氣，不要客氣。」仙石挽著一平的手臂，又說：「表弟，去你的房間，我們兩兄弟好好喝幾杯。」仙石轉頭對素貞說：「素貞，麻煩你去準備些酒菜端過來。」

「好嘞，馬上就到。」素貞應著，轉身跑去了。

三更時分，一個黑影閃進了白二太太的房間。

「你幹什麼呀！摔東砸西，『噼哩啪啦』的，怕別人不知道嗎？」來人低聲喝斥白二太太。然後脫下面罩，原來是刁管家。

「我就是要摔，我就是要砸，我就是要他們知道！」白二太太怒氣未消，沖著刁管家直叫喊。

「我的姑奶奶，你小點聲，你小點聲！」刁管家一面講一面用手捂住白二太太的嘴。

「你這個沒用的東西，看見我在席上被人冷落，也不作聲，氣得我肺都快炸了！」白二太太還在為今天在宴席上無人搭理她而惱怒，一股氣撒潑在她的野男人刁管家身上。

刁管家與白二太太私通很久了。

白二太太原本也是大戶人家的小姐，在娘家受父母溺愛，嬌生慣養，蠻橫任性，無人敢說她半句。嫁到白家以後，她的脾氣不但沒有收斂，反而變本加厲，越來越臭，越來越壞。因為多年來，她一直未有生養，漸漸便失去了白員外的寵愛，她那原想設法登上主母之位的

企圖也就隨之胎死腹中。在怨恨和寂寞的驅使下，五年前她與刁管家勾搭成奸。不僅如此，這對奸夫淫婦狼狽為奸，賊心更盛，竟然時刻覬覦著白員外的萬貫家產，焦急地等待著篡奪的最佳時機。

刁管家老謀深算，眼下見白二太太如此動氣，生怕動靜太大，引起別人注意，於是對她百般呵護，好話連篇，並向白二太太發誓，一定儘快讓她坐上一人之下、萬人之上的寶座。白二太太嬌嗔地說：「我不要一人之下，我要一人之上！」

「好，好，好，一人之上，一人之上。在我之上，在我之上，這下好了吧！」刁管家連聲應承，逗得白二太太笑出聲來。她用一根手指頭點了點刁管家的額頭，向他秋波送情，說：「就你聰明，就你會說話，會逗我開心。」又湊近刁管家耳朵，輕聲說：「我要你今晚留下來陪我！」

「今晚不行，因為今晚大家都會晚睡，明早又要早起送覃一平。明晚吧，明晚我早點來陪你。」刁管家連忙解釋。

白二太太覺得有些道理，也就不再糾纏，嘟著嘴，放刁管家走了。

# 17

一平離開後，一晃又過去了兩年，素貞和仙石的感情也更加深厚了。這天，仙石拉著素貞的手，準備向父母說明情況，請他們去素貞家提親。這時，一個家丁跑來，說師父找他們。

楊老先生近來一直身體欠妥，多次請郎中醫治，均無起色。一年多來，常臥病在床，身體一天不如一天。「師父今天來傳，莫非有什麼要事？」仙石和素貞猜測著，疾步向師父房間奔去。

仙石在床上扶起師父，讓他靠在自己身上。素貞抬起師父的手臂，和往常一樣給他輕輕按摩，並關切地問：「師父，舒服嗎？大點力按，還是輕點？」

「就這樣，很好。」楊老先生上氣不接下氣，說：「我想回五嶺山，你倆願意送我去嗎？」

「願意！」仙石和素貞齊聲回答。

楊老先生臉上露出了欣慰的笑容，滿意地說：「好，我們儘快啟程。」

「是，師父！我現在就去稟告父親和母親，備齊車馬、衣物、糧草，明天一早就動身。」仙石說。

「我就留下來給師父整理行裝吧。」素貞對仙石說。

「好的。」仙石應了一聲，便出去打理一切。

當天晚上，白員外和白大太太一起來看望楊老先生，感謝他多年來對仙石的辛勤教導，並贈予五千塊大洋和一百兩黃金。楊老先生堅決不收，掙扎著下床推辭。白員外連忙上前扶他躺下，說：「楊兄，你我兄弟就不要客氣了，我的命都是你救的，這點錢又算得了什麼。況且，你離家多年，回去百廢待興，大事小事都要花錢。再則，仙石、素貞都要生活，莫非要你養他們？所以這點錢，你一定要收下，不要客氣，一定要收下！」

在白員外苦口婆心的勸說下，楊老先生只得點頭，讓仙石、素貞代為收下。

第二天早起，用過早膳，仙石指揮家丁把行李搬上馬車，楊老先生特意吩咐仙石，不要忘了搬床下的那箱東西上車。所有行李都裝上車後，玉瓊幫素貞扶著師父上車躺好。下車時，玉瓊握著素貞的手，難捨難分。她輕聲在素貞耳邊說：「姐姐，你和少爺要早點回來，教我和玉清讀書練武啊！」

「好！」素貞微笑著點點頭。

仙石告別父母等人，坐上車，輕輕揚鞭，馬車徐徐前行，向著五百里外的五嶺山駛去。

因為擔心影響師父病情，車子走走停停，十天後才到達五嶺山。

「所謂五嶺山，是因為在這綿延數千里的萬山之中，有五座最高的山峰而得名。這五座高山分別叫做金山、木山、水山、火山、土山，而土山居中，金、木、水、火四山分別矗立在土山的東、南、西、北四方，倒是有點像八卦五行的格局。相傳天宮太上老君原有六座煉丹爐，因為爐氣太重，天庭仙氣受污染而日見渾濁，氣溫也有上升的趨勢。眾仙家怨聲四起，傳到玉皇大帝耳中，不禁心中不悅，於是下令廢棄五座丹爐，只留下一座繼續煉丹。後來齊天大聖孫悟空就是在這座丹爐裡煉成了一雙火眼金睛的。而那五座廢棄了的煉丹爐，被天兵天將擲落凡間，就化為了現在的金、木、水、火、土五座高聳入雲的山峰。」楊老先生棄車騎馬上山，一邊走一邊給兩位徒兒講述五嶺山的來龍去脈。仙石和素貞就像以前聽師父講書一樣，聽得津津有味，似迷似醉。

楊老先生住在土峰，有眾望所歸之意。因為楊老先生不僅武藝超群，且俠義仁德，深受廣大群眾愛戴，尊

78

稱其為「菩薩楊大俠」。金、木、水、火四峰分別由王朝、馬漢、張龍、趙虎四家的後人所佔據。他們個個武藝高強，皆是威名遠播、響噹噹的綠林好漢。他們與楊大俠意氣相投，肝膽相照，多年來，一起劫富濟貧，保境安民，使這方圓數千里的五嶺山一帶社會寧和，人們安居樂業。他們對楊大俠敬重有加，尊之為「大哥」。

仙石和素貞護著師父來到土山峰頂，只見雲霧繚繞，空氣幽新，青松林立，雀聲清脆，還不時隱約傳來一縷縷桂花的芳香。此情此景，仿若仙界。素貞高興地問師父：「師父，您這裡也有桂花樹？」

「是呀，就在那屋子的後面，有一棵還是『金桂』呢！」師父指了指前面，回答說。

仙石、素貞向前望去，師父的家到了，只見在寬大的練武場後，整齊地排列著三間草屋。

「中間的草屋較大，正廳兩側有三間臥室，左邊一間是我以前住的，右邊有兩間，你們一人一間吧。」楊老先生吩咐著，由仙石和素貞扶下馬，在場邊石凳上坐下休息。仙石把馬繫好，將行李搬到中間的屋裡，立即打掃衛生，收拾好床鋪，再到外面把師父扶進來，讓他躺下休息。素貞則在廚房拾掇洗刷，去山澗挑水燒茶。她將清香的茶水端給父和師兄後，馬上返回廚房做飯炒菜。

晚飯後，三人都早早歇息，一夜無語。

第二天早餐後，楊老先生問仙石和素貞，如果要回去的話，休息兩天就儘早啟程。仙石握著師父的雙手，說：「師父，我和素貞商量好了，就在這裡一輩子侍奉師父。」

「是的，師父，我倆不走了，從此陪在師父身邊過日子。」素貞一面給師父的雙肩按摩，一面向師父撒嬌。

兩位徒兒的言語舉措，讓楊老先生異常感動，他眼泛淚光，滿心歡喜地說：「好，好！」

晚上，楊老先生把仙石和素貞叫到房裡，讓仙石從床底拖出那個箱子並打開它。

「槍！」仙石和素貞聽過見過，但未曾用過，這時見到實物，都有些驚訝，一同叫出聲來。

「是的。這是我那次出莊托好友花重金購置的。因為現在是民國了，槍的使用越來越廣泛，我們練武之人也必須練好槍功，才能立於不敗之地。」楊老先生平靜地說。

箱子裡有三支槍，幾百發子彈，全部都是嶄新的，散發著淡淡的機油味，那槍面上的烤漆閃耀著誘人的光芒。

楊老先生將一把藍晶晶的勃朗寧小手槍和子彈給了素貞；將一把俗稱匣子炮的黑亮亮手槍和子彈給了仙石。然後，指著箱中的那幾個部件說：「這些是一支狙擊步槍的零部件，組裝成槍後，其射程 1,200 米，可以遠距離射殺敵人。」接著又說：「用槍之道，三個字：穩、準、快。穩，持槍穩；準，打得準；快，出槍快。尤其是手槍，再穩再準，出槍慢的先死。今天晚上就先練這三種槍的拆卸組裝，其時間越短越好，速度越快越好。」

　　楊老先生說完就教倆人練了起來，一直到深夜。

　　第二天仙石和素貞如常早起練功，吃了早餐就去後山練舉槍、出槍、瞄靶、射擊，下午繼續練武功，晚上又練拆槍、組裝、出槍。

　　就這樣天天苦練，倆人不敢有絲毫鬆怠。

　　遠近的村民聽說菩薩楊大俠回來了，都前來看望，還送上自家生產的農產品以表心意。王、馬、張、趙四家寨主也相邀一起來土峰拜見大哥。

　　這天，四位寨主天剛亮就帶著厚禮到了土峰，想必是不辭辛勞，日夜兼程。楊老先生把大家迎進客廳，相互抱拳行禮，噓寒問暖，十分親熱。仙石、素貞給師父和各位寨主奉上香茗，再恭敬地左右站立在師父身後。大家品茶

之時，趙寨主忍不住問：「大哥，你身後兩位可是愛徒？」

「我剛準備告訴各位賢妹賢弟，這倆人就是我的徒弟白仙石和許素貞。」楊老先生接著向仙石和素貞介紹了王瑩大姑姑、馬軍二叔叔、張永三叔叔和趙雄四叔叔。仙石、素貞走上前，向姑姑、叔叔逐一抱拳，鞠躬問好。姑姑、叔叔們見仙石一表人才、氣宇軒昂，而素貞婷婷玉立、聰慧嫻淑，好生喜歡，齊聲稱讚說：「好一對英雄兒女！大哥，你好福氣！」

「賢妹賢弟，過獎過獎！怎能與你們的龍兒鳳女相比。」楊老先生說罷，與眾弟妹一起開心地大笑起來。這時，酒席已備好，眾人入席，開懷暢飲。

酒過三巡，菜過五味，王瑩站起來，說：「大哥，各位賢弟，今日如此高興，不如讓晚輩們比武助興，大家意下如何？」

「好！好！我們正有此意。」馬軍、張永、趙雄三人立即隨聲附和。

楊老先生知道，幾位賢妹賢弟其實是好奇，想試試仙石和素貞的武功，於是順水推舟，微笑著說：「好提議，那就讓仙石和素貞下場和眾兄妹切磋切磋，大家點到即止，不要傷了和氣。」

「大哥說得好，我們自家人比武助興，輸贏無所謂，點到即止，不可傷了一家人的和氣。」王瑩多年前曾與大哥有一段情，很懂大哥，於是馬上出言贊同。

「大哥說的極是，我們一定遵從！」馬軍、張永、趙雄齊聲應允。

「我提議，在我們四姐弟中，屬二姐的大公子錦山和四弟的千金碧玉二人武功最好，就由他倆與仙石、素貞比試比試吧。」馬軍誠懇地推薦。

錦山和碧玉見有叔叔伯伯推舉，也不忸怩，齊聲答道：「晚輩聽從安排！」

「好！」張永叫好，並說：「請仙石和錦山下場，先行較量。」

說起錦山，可是位英才，不僅學識淵博，而且精通十八般武藝，在州府比武大會上，因為每次都是第一名而聞名遐邇，堪稱新一代英雄豪傑。他慣使一支玄鐵棒，重六十斤，舞將起來，虎虎生威。一般武士莫說比試，光那棒氣就會將其震飛。

只見錦山在場中一站，高大魁梧的身軀穩如泰山，那玄鐵棒往地上一頓，「嗵」的一聲，眾人頓時感覺地面都

有些許震動。好一個先聲奪人！場上立即響起了熱烈的掌聲和高昂的喝彩聲。

　　此時，仙石已經靜靜地站在錦山身前的丈許之處，一桿銀槍在陽光下閃著白熠熠的光芒。眾人有些驚訝：仙石是何時悄無聲息地站在錦山前面的？場上一下子鴉雀無聲。

　　仙石向錦山行執槍之禮，說了聲：「表兄，得罪了。」隨即槍隨聲走，人隨槍上，直向錦山胸口刺去，逼得錦山連退數步，挺起棒頭接住槍尖，二人力道相當，在場上打圈，相持不下。這時，錦山覺得銀槍有少許顫動，像是仙石內力不濟，心中不免暗喜。此刻，仙石陡地收槍，後退數步，欲轉身變招，但略顯敗象。錦山哪肯放過，一招蛟龍出海，直向仙石後背搗去。

　　「錦兒，小心回馬槍！」王瑩急呼。

　　但是，為時已晚，話音未落，錦山的鐵棒墜地，整個人往前衝去，幾乎跌倒。仙石趕緊扶住錦山，連聲說：

　　「表兄，承讓了！」

　　「為兄佩服！」錦山也是個豪爽的漢子，他握著仙石的手說：「為兄知道你回馬槍厲害，但沒想到你小子使得這麼詐這麼快！」

在人們熱烈的歡呼聲與掌聲之中，兩表兄弟說著笑著向場下走去。

「下面是素貞與碧玉比試，請入場！」三叔張永高聲宣佈。

碧玉是趙雄最小的女兒，今年才十八歲。她從小不喜琴棋書畫，獨愛武學，自幼隨父練功。她早年拜空山道長為師，習練「空山穿雲劍」一百單八式，同時，鑽研孫子用兵之法，可謂巾幗不讓鬚眉，乃將帥之材。尤其是她那一手空山飛鏢，更是使得出神入化，令人嘖嘖稱奇。她這一身武藝絕學，連錦山都自認遜其三分。這次和素貞比試，在眾人心裡，應該是穩操勝券的了。

碧玉、素貞入場互相抱拳行禮致意，隨即各自亮出寶劍，二人也不客氣，你來我往，鬥了百十回合，不分勝負。大家屏住呼吸，目不轉睛地注視著她倆的一招一式，看誰能搶得先機，克敵制勝。

略處下風的素貞突然變招，使出穆家降龍十八劍之第九招「天女散花」，虎嘯龍吟聲中，將手中之劍幻化成千把萬把，鋪天蓋地般齊齊向碧玉刺去。

在旁觀者眼中，只能看見素貞持劍向碧玉刺去，不足為奇。但在碧玉眼裡，這千劍萬劍刺來，令她一時眼花繚

亂，不知真劍在哪裡。情急之下，她使出一招「白鶴亮翅」，跳至丈餘高的空中。素貞見此，使出降龍十八劍之第十招「大鵬展翅」和第一招「仙人指路」，瞬間飛身而起，在三丈高空翻身朝下，劍指碧玉腦門，直衝而下。碧玉急忙橫劍頭頂，準備格擋。但她意想不到的是，素貞的劍臨近腦門卻偏位向她的面門刺去。碧玉也非常機靈敏捷，絕非等閒之輩。在此彈指之間，只見她仰面急退丈許，手一抬，袖一張，一支金鏢向素貞射去。然而素貞不躲不閃，劍頭撥開飛鏢，欺身上前，劍尖由碧玉面門順勢滑下，在離她咽喉寸許處停下。

「好妹妹，不要動！承讓了！」

素貞說完，收回劍，就要往回走。碧玉連忙挽住素貞的手臂，在她耳邊悄聲說：「好姐姐，快教教我！快教教我！」

見兩堂姊妹比試後如此親密，全場觀眾都拍手叫好，嘖嘖稱奇。

兩場比試完結後，大家興致更高了，在宴席上劃拳行令，勸酒進菜，稱兄道弟，無所不談，皆盡興而歸。

楊老先生看見仙石和素貞今日在比武場上的表現，甚感欣慰，慶幸上天在他垂暮之年，賜予他兩位得意門

86

生，不僅可以繼承楊家武功絕學，還可以將其發揚光大。

　　楊老先生因整天太過勞累，身體不支，早早就睡了。仙石和素貞將裡裡外外收拾洗刷完畢後，坐在一起總結今天比武的情況。仙石說：「錦山、碧玉的武功高強，但江湖中臥虎藏龍，不知還有多少我們不了解的高深武功呢！」

　　「所以，我們一定要刻苦磨練，還要虛心學習，千萬不可目光短淺，固步自封。」素貞深有體會地說。

　　「另外，今天是一家人比武助興，點到即止。以後真的遇上敵人，則不可心慈手軟，因為那樣一定會傷害到自己的。」仙石說。

　　「你講得很好！因為對敵人的仁慈，就是對自己的殘忍！」素貞完全贊同仙石的見解，有點激動地說。

　　倆人思想相通，心心相印，從此更加勤奮地操練，武功槍功更為高超，情感心意更為濃厚。

　　仙石、素貞白天練功，晚上侍奉師父睡後就下山去附近的村鎮協助防匪擒盜，保境安民。日子過得很快，一晃兩年有餘。

　　近些日子，仙石老是偷偷往後山跑，很久才回來。素貞也不多問，由得他去。

八月十五這天晚上，仙石、素貞陪師父飲酒賞月，待侍奉師父睡下，已是午夜時分。仙石拉著素貞的手，一起來到屋後山上的兩株高大的桂花樹下。

　　「素貞，這棵樹是金桂，那棵樹是銀桂，金桂花有沁人肺腑的香氣，銀桂花雖沒有香氣，但是都一樣小巧美麗。」仙石說著，扶素貞靠著金桂樹坐下，把一束香噴噴的金桂花遞到素貞手中。然後，仙石單膝跪下，從懷裡掏出一枚散發著清香的桂皮戒指，雙手捧著，鄭重而誠摯地向素貞求婚。他說：「素貞，我一定會愛你疼你一生一世，你嫁給我吧！」

　　望著眼前從小就一直愛慕自己、疼惜自己、敢於為自己獻出生命的仙石，素貞沒有絲毫猶豫，她伸出左手，讓仙石把這枚從天竺桂樹枝上剝下，經過多日精心修整的桂皮戒指戴在無名指上。仙石將素貞擁入懷裡，緊緊抱著，堅定地說：「素貞，我一定會愛你直到永遠，至死不渝！」

　　「仙石，我也一定會愛你直到永遠，至死不渝！」素貞說完，與仙石久久地擁吻在一起。

　　天亮了，仙石和素貞回家，準備請師父作他們婚事的見證人。

楊老先生這些年一直臥病在床，雖每日進藥醫治，又有仙石、素貞悉心照料，但病情卻不見起色，反而每況愈下。楊老先生自知在世時日不多，但是仍有一樁心事未了。這天清晨，他掙扎著下床，扶著牆壁一小步一小步地移行，終於坐到了大堂上方的大木椅上，椅後的牆壁正中央，供奉著鳳山老祖的遺像。

　　仙石和素貞一進大門，抬頭看見師父坐在堂上，不免有些驚恐，趕緊跑上前去，想扶師父回房上床休息。楊老先生擺擺手，說：「你倆快來給師祖上香叩拜。」

　　仙石、素貞照辦。

　　楊老先生把一本秘籍交到仙石手上，艱難地說：「這是師祖傳下來的秘籍《內經點穴（血）大法》，我現在傳給你倆雙修。你倆要刻苦修煉，早日練成。但一定要牢記，此法有狠毒之處，只可救人，不能害人。」

　　楊老先生斷斷續續地講完這幾句話，咳嗽不止，滿嘴都是血，嚇得仙石、素貞哭著喊著，趕緊將他抬到床上，煎來湯藥給他喝。但是，毫無效用，延至半夜，楊老先生離開了人世。

　　素貞跪在師父遺體前，哭得死去活來。仙石也心似刀絞，淚如雨下。但他強忍著悲痛，扶起素貞，默默地給師

父料理後事。

聽到楊大俠仙逝，王瑩、馬軍、張永、趙雄皆率領眾弟子前來送大哥最後一程。遠近村鎮的百姓，感恩菩薩楊大俠的仁義賢良，都趕來祭拜送別，所行人龍，蜿蜒數里。

仙石、素貞遵照師父遺願，將師父葬於屋後高地。倆人在墳墓旁搭建草棚，決心為師父守孝三年。他倆每天都給師父焚香化紙，寄托深切的哀思。閒暇之時，便一起研修《內經點穴（血）大法》。

他倆逐步認識到：原來人體有十二大經絡，其中包括陰陽、五行、五臟、六腑。血液在血管裡流通，氣血通過十二大經絡二十四小時不停地運行。人體還有七百二十個穴位，其中要害穴位一百零八個，而這一百零八個穴位分活穴和死穴，活穴位七十二個，死穴位三十六個。

所謂點穴，就是戳穴位；所謂點血，就是按住氣血運行點，阻止氣血繼續運行。前者還有死穴活穴之分，後者無死活之分，被點者，非死即傷。這就是其狠毒之處，叫人聽了，毛骨悚然。

一般點穴是用手指，《內經點穴（血）大法》不僅增加了點血，在功法上棄手用氣，這兩項都是前所未有，聞所未聞的。所以這本秘籍是絕密！

看到這裡，仙石、素貞油然升起一種神聖的使命感。

他倆先記熟記準人體穴位和氣血二十四小時（甚至每時每刻、每分每秒）的運行點，再練習用手指發出氣錐，待氣錐收發自如了，第三階段就練習用氣錐隔空點穴（血）。倆人苦練三年，終於小有成就，可以用氣錐點響十米處的銅鑼。若以此功力，在五米之內點穴（血），可百發百中。若想取人性命，易如反掌。

仙石、素貞跪在師父墳前，誠心禱告，感恩師父在冥冥之中的引導，讓他倆能取得如此成績，並向師父保證：必定秉承善心運用此法，竭力救助，絕不害人。

仙石和素貞為師父守孝三年之後仍然留在土峰。他倆擇了個陽光燦爛的日子，在師父墳前，燃燭焚香，叩拜天地，叩拜師父，互戴桂皮戒指，結為了夫妻。從此，倆人除練功之外就遊走四鄉，保境安民，被人們愛稱為「龍鳳雙俠」。

## 18

　　一日，仙石、素貞正準備下山，忽然看見屋前不遠處的山路旁，有一個人倒臥在地。是谁呢？怎麼回事？二人好生奇怪，急忙跑過去查看，只見此人身材瘦小，頭戴破竹笠，衣衫襤褸，昏迷不醒。仙石連忙將其抱到屋內，輕輕放在床上救治。素貞端來一盆水，給此人清洗一下臉面手腳。她輕輕撥開其頭髮，一看，驚呆了，不由自主地叫出聲來：「玉瓊！」

　　仙石聽到素貞的叫聲，再仔細一看，不錯，這女扮男裝如乞丐般的人正是母親的貼身丫鬟玉瓊。

　　這時玉瓊清醒過來，看見仙石，高興地說：「少爺，我終於，終於找到您了。」又斷斷續續地說：「快，快去，救玉清，他，他，在山下，關帝廟裡。」說著說著，又昏了過去。

　　仙石給玉瓊把脈，知道她的昏迷是因為過度勞累和過度飢餓所致。於是，仙石火速下山救玉清，素貞則趕緊煮了稀粥餵玉瓊喝下，讓她好好休息。

　　兩個時辰後，仙石把玉清從山下的關帝廟裡背了回來，給他洗淨身子，餵了稀粥，玉清緩緩地睡了過去。

到了下午，玉瓊才完全清醒過來，向仙石和素貞講述了近幾年來白氏山莊發生的事情。

白員外和白大太太送走楊老先生、仙石和素貞後，頭兩三年的日子都平平穩穩地過去了。不料接下來，白員外的身體卻一年不如一年。到了第五年，白員外的病情急轉直下，整天咳嗽不止，難以安眠，藥石無效，身體只剩下皮包著骨頭。白大太太急得茶飯不思，六神無主，要刁管家馬上派人把少爺接回來。

這天晚上，刁管家在白二太太房裡，二人吃肉喝酒，談笑風生。刁管家摟著白二太太說：「我的好妹妹，我們的好日子快要到了。」

「怎麼辦，老鬼的兒子一回來，我們就完了。」白二太太擰著刁管家的耳朵說。

「那小子根本就不會回來！」刁管家冷笑一聲，陰陰地說。

「你真陰毒，是不是根本就沒有派人去報信呀！」白二太太笑著又擰了一下刁管家的耳朵。

「忍了這麼多年，等老鬼一死，我就把所有財產據為己有！」刁管家流著口水說。

「所有財產都是你的？」白二太太撇著嘴，重重地擰住刁管家的耳朵。

「哎喲！哎喲！我的姑奶奶，快放手，快放手！我們的，我們的，我們的還不行嗎！」刁管家忙不迭地跪地求饒。

「這還差不多！」白二太太終於笑了，拉起刁管家，往床上推去。

第二天晚上，白二太太假惺惺地來看白員外，見白大太太早已在那裡服侍老爺喝水。刁管家面帶怒容地站在一邊，想必是剛受到老爺的責備。白員外喝完水，指著刁管家罵道：「你這個不中用的奴才，要你叫少爺回來，都幾個月了，還不見少爺的影子。再給你三天，如果還不見少爺回來，你就給我滾蛋！」

白員外好不容易把這些話罵完，已面如土色，喘息不止。

刁管家望著白二太太，下不了這個面子，也嚥不下這口惡氣，憋得臉色由紅轉青，由青變紫。他強忍著氣把丫鬟家丁打發出去，關上房門，一步一步向床頭逼去。白員外看著他猙獰的面孔，說：「刁德貴，你想幹什麼？你要幹什麼！」

「我要你交出鎖匙，不然我就要你的命！」刁管家咬著牙惡狠狠地說。

「你休想！」白員外大聲地回答。

「那你就去死吧！」刁管家惡狠狠地說完，雙手緊緊地扼住白員外的脖子。

白大太太見狀，衝上前去想拉開刁管家，卻被他反腿一腳踢開，再被白二太太順手推倒在地上。白大太太想爬起來再衝上去救老爺，卻被白二太太壓在身上，動彈不得。

白員外雙手死死地抓住刁管家的手腕，拼命掙扎。但他年老病重，怎敵得過身強力壯、歇斯底里的刁管家。沒一會兒，雙手一撒，就活活被刁管家扼死了。白大太太撲在老爺身上，哭得昏死了過去。

刁管家從白員外腰間一把將鎖匙扯下，打開錢櫃裡的錢箱，看見一排排的金條銀錠和用紅紙包著的一筒筒銀元，又看見整疊的船契、地契、房契，哈哈大笑起來。他像瘋子一樣地手舞足蹈，大聲狂叫：「我發達了！我終於發達了！」

正在他得意忘形的時候，白二太太乘其不備，一手奪過那串鎖匙，冷笑著說：「是你發達了，還是我發達了？這串鎖匙以後由我保管。」接著又說：「刁管家，你現在

是殺人犯，只要我一喊，就會有人來捉你去官府坐牢，你信不信？」

刁管家臉色一陰，隨即皮笑肉不笑地說：「我的姑奶奶，你是內當家，鎖匙你拿著，你拿著，我們一起發達，一起發達。」

「算你識相，這還差不多！」白二太太見幾句話把刁管家給鎮住了，一顆惶恐的心也慢慢踏實下來。

刁管家叫了兩個親信，先把正昏迷著的白大太太抬回房，交給玉瓊看護後，要他倆在門外守著，不准白大太太走出房間半步。安排妥當後，刁管家趕緊抓起白員外的一隻大拇指，沾上紅油墨，重重地按在一張早已準備好的紙上。那是一張把白家所有財產全部轉讓給刁管家的轉讓書。之後，刁管家馬上安排了另外兩個親信，把白員外的屍體抬到柴房，裝在早已準備好的棺材裡，趁黑夜抬到後山腰草草地埋葬了。

白大太太醒過來，痛不欲生，啜泣不已。玉瓊百般勸說安慰，都無濟於事，只好默默地陪著流淚。白大太太思夫心切，悲痛萬分，不吃不喝三日三夜，已經奄奄一息了。這天半夜，白大太太拉著玉瓊的手說：「孩子，老爺是被刁管家扼著脖子活活扼死的！現在，我快不行了，你可以為我做一件事嗎？」

「大太太，我和弟弟的命都是您和老爺救的，您有什麼事只管說，我和弟弟赴湯蹈火都會給您辦好。」玉瓊流著淚，堅定地說。

白大太太聽了，甚是欣慰。她要玉瓊把頭湊過來，貼在玉瓊耳邊，講出了仙石少爺的住址，然後叮囑：「孩子，有一點很重要，就是你不能現在去，待以後有那種沒有任何人懷疑你的機會再去。千萬記住了！」白大太太是擔心玉瓊姐弟遭刁管家暗算，才這樣反覆叮囑玉瓊的。

白大太太說完，不甘心地合上了雙眼，追隨白員外往極樂世界去了。玉瓊想起白員外和白大太太的慘死，想到他倆對自己和弟弟的關懷愛護，情不自禁，大聲痛哭起來。

「大太太，您不要死！您不要死！大太太……」玉瓊一邊大聲哭著，一邊撕心裂肺地叫喊。

聲音驚動了看門的大楞和二傻，他們急忙推門進來查看，大楞隨即跑去報告刁管家。刁管家過來確認大太太已死，馬上吩咐大楞、二傻像處理白員外遺體那樣，連夜在後山把白大太太的遺體草草安葬了。大楞和二傻倆人還算有點良心，把白大太太安葬在白員外的墳旁。

刁管家就這樣神不知鬼不覺地篡奪了白家所有的財產，可憐白員外祖祖輩輩辛苦積攢起來的財產家業就這樣輕易

地落入了奸詐的刁管家手中，還賠上了兩條寶貴的人命。

刁管家在白氏山莊吃喝玩樂，作威作福，窮凶極惡。所有村民和莊中的下人皆敢怒不敢言。一年之後，刁管家嫌鄉下老土，不好玩，於是花重金在一百里外的省城建造了一座別苑，亭臺樓閣，長廊碧湖，紅牆黃瓦，雕龍畫鳳，極儘奢華，占地是白氏山莊的三倍有多。刁管家嫌鄉下家丁婢女卑俗醜陋，於是全部遣散，儘數重新在城中招聘。刁管家和白二太太擇日搬入城中豪苑，日日過著笙歌燕舞、醉生夢死的糜爛生活。

刁管家和白二太太走後，白氏山莊的家丁丫鬟便各奔東西了。玉瓊記起白大太太的話，覺得這是去尋找少爺的最好時機，於是女扮男裝，與弟弟玉清一起去五嶺山向仙石少爺報信。他倆一路上風餐露宿，沿途乞討，來到土峰山下時，已經精疲力竭了。不僅如此，玉清還染上風寒，寸步難行。玉瓊只得讓弟弟在山下破舊的關帝廟裡躺下休息，自己堅持連夜上山。她一步一步艱難地走在崎嶇的山路上，走不動了，就用手爬，整整一夜，好不容易才到了峰頂。她扶著樹幹站起來，想大聲呼喊的時候，只覺得眼前金花亂飛，腿一軟，眼一黑，便倒在路旁昏了過去。

玉瓊說完，仙石已面如死灰，淚似泉湧，雙拳捏得

鐵緊，恨不得立即下山去報殺父之仇。素貞也淚流滿面，抽泣不已。她站在仙石身後，一邊輕柔地撫摸著仙石後背，一邊柔聲安慰仙石，說：「仙石，此仇不報，誓不為人！但是，你要堅強，此事當從長計議。」

這時，玉清醒了，見到少爺和素貞姐，病也好了。他翻身起床，和玉瓊一起，跪在仙石和素貞面前，懇求道：「少爺，素貞姐，請收我倆為徒弟吧，我倆學好武功，一定去誅殺此賊！」

仙石見玉瓊姐弟如此義勇，同仇敵愾，很是感動，連忙收起淚水，伸手扶起玉瓊、玉清，並說：「好，好！起身說話。」

「徒弟拜見師父！」玉瓊、玉清說完，向仙石、素貞三叩首，然後起身，恭敬地站著，聽從吩咐。

素貞與仙石交換了一下眼色，對他們說：「等會兒吃飽飯，好好休息，明早一起去拜見你們的師祖。」

「是！」玉瓊、玉清齊聲回答。

第二天黎明，仙石等四人來到已故楊老先生墓前，燃香焚紙，供上祭品。仙石和素貞跪在師父墓前，稟告了家中的變故及今後的打算，祈求師父恩准。然後起身讓玉瓊、玉清跪下，叩拜師祖。

以後數日，仙石、素貞悉心將楊家槍法和穆家降龍十八劍分別傳授給玉清和玉瓊。仙石還飛鴿傳書給金、木、水、火四峰掌門人，闡明目前情形，並拜托他們今後多多關照玉瓊、玉清。

玉瓊、玉清在白氏山莊長期偷偷向仙石和素貞學習練武，已經有了一定的武功基礎。現在得仙石、素貞真傳，倆人的武功進步神速，只要勤加操練，不出三年，大功定成。

三個月之後的一天，仙石、素貞安排玉瓊、玉清留守土峰，他們則倆人四騎，日夜兼程，向白氏山莊奔去。他倆吃喝全在馬上，終於在第二天子夜，趕到了白氏山莊。見山莊大門緊鎖，只得飛身越牆而入。大院之中，四周一片漆黑，整個山莊就像死一般的沉寂。倆人隨即穿過後院，掠過馬場，越過高牆，如飛般向後山腰奔去。

白員外與白大太太的墳在後山腰一塊小小的平地上，兩座墳前各插著一塊木板當作墓碑。人們走過，作躬致敬，搖頭嘆息，唏噓不已。仙石撲到父母墳前，跪著連叩響頭，捶胸嚎啕大哭。素貞跪在仙石身邊，淚流滿面，跟著仙石一起叩頭。眼見仙石頭上已叩出鮮血，素貞趕忙抱住他，咬牙切齒地說：「此仇不報，誓不為人！」又勸說道：「仙石，你要節哀順變，多加保重，才能手

刃奸賊兇徒，為父母報仇雪恨！」

仙石「霍」地站起來，就要下山去省城尋刁管家報仇，素貞一把拉住，說：「仙石，我們現在已人困馬乏，去省城路途遙遠，不如先去我家稍作休息，明晚再去。你覺得如何？」

「好吧！」仙石也不是魯莽之人，聽素貞講得有理，便應允了。

許強、李倩見仙石、素貞回來，很是開心。在得知倆人已結為夫妻後，更是笑得合不攏嘴。

仙石、素貞雙雙跪在地上，仙石誠摯地說：「小婿拜見岳父、岳母大人！」

「女兒拜見父親、母親大人！」素貞也流著淚說。

「快快請起！快快請起！」許強、李倩連聲說，急忙扶起仙石和素貞。

這時家旺和家瑛也醒了，高興地趕過來給大姐和姐夫行禮。家瑛出去燒熱水煮飯，殺雞宰鴨，讓大姐、姐夫沐浴更衣，吃上一頓難得的住家飯。

李倩把素貞叫到房裡，從頭上拔下一根銀簪，鄭重地

插在素貞的髮髻上，說：「家裡窮，沒有什麼好東西送給你，這是我出嫁時你外婆送給我的，你要好好保管。」

素貞小心地輕輕撫摸著頭上的銀簪，對李倩說：「媽，謝謝你，母親的疼愛是世界上最寶貴的東西。媽，感謝你對我的疼愛！」

下午睡醒，仙石和素貞的體力、精力都完全恢復了，吃了晚飯，他們告別父母弟妹，飛身上馬，向省城馳騁而去。

是晚三更，仙石、素貞潛入刁管家別苑，竟似進入無人之境。也許是那些守更巡夜的人都偷懶睡覺去了。遠遠望去，只有主樓還燈火通明，不時傳來琴瑟之聲。仙石、素貞躍上二樓，點穿窗紙，只見刁管家與白二太太正在聽歌賞曲、吃肉喝酒。仙石正想衝進去取其性命，被素貞一把拉住，說：「仙石，再等等！」

子夜過後，婢女把刁管家和白二太太送到三樓就寢，其他人皆四散而去。不久，一切恢復了平靜，只有三樓刁管家的房間還有燈光，也許是他意猶未盡，還在和白二太太飲酒作樂吧。

仙石再也按捺不住，衝上樓去，一腳踹開房門，大叫：「狗賊，拿命來！」

仙石的突然到來，就像晴天霹靂，震得刁管家和白二太太仰面跌倒在地上。刁管家也是見過大場面的人，旋即清醒過來，馬上爬起來跪著，頭像搗蒜那樣，在地上叩個不停，口中連連求饒：「少爺，饒命！少爺，饒命……」並說：「我把一切都交還給你！我把一切都交還給你！」

　　刁管家邊說邊打開抽屜，拿出保險箱，將地契、房契、船契一一放在桌上。他趁著仙石分神望向桌子時，猛地從靴中抽出閃亮亮的匕首，想向仙石刺去。但他不知道，自己每一點微小的動作都逃不過仙石的眼睛，就在他掏出匕首的同時，仙石的劍早已刺穿了他的心臟。刁管家倒在血泊裡，仙石上去確認他已經死亡，就站起來，轉身招呼素貞進房。突然，他感到背後有動靜，於是立即挺劍回身，原來是白二太太撲了過來，要與他拼命。說不巧也巧，正好撞在仙石的劍尖上，仙石收劍不及，那劍「嗤」的一聲，貫穿了白二太太的胸膛。仙石抽出劍，急喚素貞來搶救，但是，白二太太已經回天乏力，返魂無術了。仙石說：「我本想放你一條生路，你這又是何苦呢！只能怪你自己死不悔改了。」

　　仙石說完，在房中尋了個大瓷盆，和素貞一起，找出了白氏山莊的莊契收好，再把所有地契、田契、船契等等票據全部放入盆中燒毀。然後在粉牆高處奮筆寫上「斬殺謀財殺父仇人者白仙石」十二個大字。素貞看了，在「白

仙石」三字的旁邊寫上了「白許素貞」四個大字，擲筆，與仙石相視一笑，雙雙躍下高樓，飛身而去。

說來也奇怪，仙石、素貞走後，在刁管家倒地的房中，無端生起一股陰風，竟讓盆內死灰復燃，火星飄起，燃著了暖帳錦褥。火勢愈來愈大，蔓延至整個高樓。風助火勢，把整個別苑燒成了一片火海。人們痛恨刁管家平時恃財欺市霸道，窮兇極惡，所以儘管苑內人喊馬嘶，一片混亂，卻沒有一個人救火，紛紛搶了苑中財物，逃去無蹤。

近一兩年來，省城的學生運動風起雲湧，當局疲於奔命，一時也無心處理這樁火災之案。後來查起，面對這片燒焦了的頹垣敗瓦，無從著手。加之無人投訴興訟，也就不了了之了。

仙石和素貞連夜趕回漁村，來到白員外和白大太太的墳前，向先父先母跪拜稟報。仙石抽泣著說：「父親，母親，孩兒和你們的兒媳素貞一起手刃刁管家，為你們報仇雪恨了。願父親、母親在地下安息！」

仙石、素貞淚眼朦朧中，見燭光閃亮，香煙繚繞。不久，兩縷青煙冉冉升起，走走停停，向西天極樂世界飄然而去。仙石、素貞再拜，同聲說：「父親、母親走好！」

仙石、素貞又去到小山上，摘了好些鮮花，擺放在踏雪的墓前。然後回到漁村，向許強、李倩稟告了一切。

　　接下數日，仙石、素貞聘請了最好的師傅，選用了最好的石材，將白員外和白大太太的墳墓修整圍砌，重樹豐碑。

## 19

　　仙石、素貞本以為很快就會有省城的警察來抓捕他們，不想連日來卻不見動靜。後來聽在省城做生意回來的鄉親說起，才知道火燒別苑的情況。想來政府不會再追究此事，從此可以安安穩穩過日子了。但仙石和素貞商議了一下，仔細想想，覺得還是不妥。素貞對仙石說：「雖然大火把一切燒得一乾二淨，但兩個人死在那裡面，遲早會被發現的。」

　　「你說得對，現在不追查，不代表永遠不追查，現在無人投訴舉報，不等於刁家以後不投訴舉報。為了不連累親人朋友，素貞，我一定要走！」仙石通過分析，得出了結論。

　　「你去哪裡，我就去哪裡，我和你生死相隨！」素貞緊緊握著仙石的雙手，堅定地說。

　　「好，生死相隨！」仙石將素貞擁入懷裡，無比激動地說。

　　「仙石，想好沒有，去哪裡？」素貞問。

　　「沒有，回去聽聽岳父岳母和弟妹的意見吧。」仙石回答。

「好，咱們回去。」素貞說著，挽著仙石的手臂，向家裡走去。

回到家裡，已是掌燈時分。許強和李倩聽仙石、素貞講述了其擔憂之事，都覺得不無可能，至於要去哪裡，則一時也想不出個好的地方。家旺、家瑛也說沒有萬全之策，一家人頓時陷入了沉默。

「有了！」素貞突然說。

「哪裡？」仙石馬上問。

素貞看了仙石一眼，望著父親說：「爸爸，你還記得有一次出海打魚時對我說的那個地方嗎？」

許強沉思片刻，似有所得，說：「你是指英國人管治的那個地方——香港！」

「對，就是香港。那裡現在不屬於中國政府管治，駕船去那裡也不遠。」

「不行！不行！不行！」家旺、家瑛一同反對，接著說：「英國人管得非常嚴格，軍用氣艇二十四小時在海面巡邏，防止偷渡。前陣子有人駕船想偷渡香港，被英國海警的機關槍瘋狂掃射，結果船沉人亡。去不得，絕對去不得！」

兩兄妹邊說邊搖頭擺手，極力阻止，說得素貞也猶豫起來。仙石想了想，說：「我們選一個香港那邊會漲潮的雨天，在漆黑的深晚出發。如果實在躲不過，我們就棄船游泳，順風順水，應該很快到岸。」

　　仙石似乎信心百倍，有十足的把握。許強、李倩還是不放心，對仙石說：「仙石，不錯，話是這麼講，但海上風急浪高，情況千變萬化，很難預料，很難應付的。你還是再好好考慮一下吧。」

　　「是呀，姐夫，你還是再考慮一下。」家旺、家瑛也贊同父親和母親的話。

　　仙石和素貞再仔細商量了一會，便對他們說：「香港是目前唯一可以去的地方。風險肯定很大，但我們年輕力壯，水上功夫上乘，應該可以化險為夷，逢凶化吉的。請岳父岳母和弟弟妹妹放心。」

　　於是全家動員，齊心為仙石、素貞偷渡香港作好充足的準備。

　　那晚子夜，月黑風高，陰雨綿綿。按照估算，應該是香港那邊漲潮的時分。許強、李倩攜家旺、家瑛目送仙石和素貞的船消失在煙雨瀰漫的大海之中，才依依不捨地離開海邊，返回家中。李倩還在為仙石、素貞流淚，

許強安慰說：「仙石和素貞福大命大，老天爺一定會保佑他們平安無事的，你就放心吧。」

家旺、家瑛一個給李倩按摩肩膀，一個給李倩按摩手臂，好言相勸，李倩的心才算慢慢平靜下來。

仙石讓素貞坐在船艙，自己則在船尾劃動雙槳，風送水帶，小船在海浪中起伏向前，不到一小時，已進入了香港水域。按照此速度，再過半小時，就可以到達香港海岸。倆人正在慶幸神仙保佑，一切順利的時候，突然聽見有「突突突」的馬達聲。仙石尋聲望去，只見一艘英國的海警輪船，在黑暗中從遠處駛了過來，而且愈來愈近。仙石喊道：「素貞，不要怕，快趴下！」

自己仍然鼓起最大的氣力，奮勇地將小船向香港方向划去。

突然，「刷」的一下，海警輪船上的探照燈掃了過來，照得海面如同白晝，小船再難遁形。緊接著，一排機關槍的子彈橫射過來，把小船射穿了幾個窟窿，海水直往船艙裡湧。

「素貞，跳船！」仙石喊著，拉住素貞的手一起跳入了大海。

一排機關槍的子彈又橫掃過來，灌滿了水的小船在探照燈光裡搖晃了幾下，就被海浪吞沒了。

在子彈尖銳的呼嘯聲中，仙石消失了，但很快又出現。他出現在素貞的身後，雙手捉住素貞的雙腳，推著她向前游，同時大聲叫喊：「素貞，不要停，快往香港海岸游！」

「仙石，快上來，我們一起游！」素貞也大聲呼喊。

此時，探照燈的光柱帶著「噠噠噠」的機槍聲再次掃來，一陣彈雨撒落在他倆的身前身後。仙石看見一個浪山從身後壓來，連忙拼儘所有力氣，把素貞往前推。等浪頂過去，素貞向後一看，已經不見了仙石的蹤影。

「仙石！仙石！仙石——」

素貞一邊大叫著一邊向前後左右巡視，仍不見仙石身影，心一急，眼一黑，整個人向下沉去⋯⋯

素貞覺得自己好像是一條五丈餘長的白色巨蛇，在海裡漂漂蕩蕩，漸漸沉到了海底。牠昏昏沉沉，慢慢地甦醒過來，牠記得自己為了救活丈夫冒死盜回仙草，結果丈夫還是被人擄走了，牠心急如焚，拼命追趕⋯⋯

牠想著想著，覺得自己心力交瘁，不知不覺間又昏迷了過去。

……

「白素貞，醒醒！白素貞，醒醒！」不知什麼時候，一股充滿神力的聲音呼喚著素貞。

素貞似乎仍有些知覺，喃喃地說：「我不叫白素貞，我叫許素貞，我是白許素貞。」又問：「你是誰！仙石呢？仙石去了哪裡？」

「我是觀世音菩薩。對，你現在是許素貞。剛才你想到的那些只是你前世的回憶。至於仙石，他是太上老君煉丹爐中的一塊雨花金剛陪煉石。他如今的去向，乃天機不可洩漏也。你還是保護好自己和你腹中的一對兒女吧！」觀世音菩薩和藹地說。

「我懷孕了？我懷有仙石的兒女了？觀音娘娘，感恩！觀音娘娘，感恩！」許素貞拼儘全力跪下，叩拜觀世音菩薩。

但是，她因為太興奮，太激動，加之身子虛弱，剛叩拜完畢，又昏了過去……

下部

都市行

# 1

「姐姐！姐姐！快醒醒！快醒醒……」一個女孩子殷切的呼喚聲在許素貞耳邊不斷地響起。

許素貞悠悠地醒來，矇矓中似乎看見一個十七八歲的少女蹲在身邊，焦急地呼喚著自己。

那少女見素貞睜開了眼睛，鬆了一大口氣，雙手合十，連聲說：「感謝菩薩保佑，謝天謝地，你終於醒了！」接著自我介紹：「我叫許小青，你就叫我小青吧。」

「小青，我怎麼會躺在這兒？這裡是什麼地方？」素貞聲音微弱，吃力地問。

「這裡是香港海邊，你應當是被潮水沖上來的。我和哥哥下海捕魚看見你躺臥在沙灘上。他就是我哥許大葵。」小青口齒伶俐，馬上回答了素貞的提問。

「是，我叫大葵，是小青的哥哥。你還好嗎？」

「仙石，仙石，我丈夫仙石，你們看見了嗎？」素貞焦急地問。

「沒有看見呀！」小青、大葵回答。

114

素貞掙扎著想站起來去尋找仙石，小青連忙扶住她，說：「姐姐，你身體這麼虛弱，怎麼可以再奔波。你坐下休息，我和哥哥分頭沿著海邊去找，你放心好了。」

　　小青說罷，把隨身攜帶的水和乾糧放在素貞身邊，又關心地說：「姐姐，你多少吃點喝點，養點氣力，我和哥哥現在就去找仙石哥。」

　　一個時辰後，兩個人回來，都沒有找著仙石。看見素貞不吃不喝，一直流淚不止，兩兄妹於心不忍，於是商量決定今天不打魚，專門帶素貞坐船下海四處尋找仙石。素貞很感動，說：「我叫許素貞，你倆如此仗義，以後我一定會報答的！」

　　「你也姓許，太好了，我們是一家人。姐姐，你就住到我家吧，我們之後一起好好尋找仙石哥。」小青說。

　　太陽快要下山了，素貞還是不見仙石的蹤影，在小青的極力勸說下，便來到了她的家。

　　這是一棟用茅草蓋的小寮屋，在漁村的中部。小寮屋的大堂較寬敞，裡面間隔了一間房給小青的父母住。大堂兩邊各有一間房，分別是小青、大葵的臥室。

　　兩位老人聽小青講述了素貞的不幸遭遇，很是同情。小青的母親握著素貞的手說：「孩子，不要怕，這裡就是

你的家，你先養好身子，仙石的事我們一定儘力去辦。」說完，就讓小青找幾件乾淨的衣服給素貞換上。

「大媽，多謝你們肯收留我。」素貞邊說邊起身，欲跪下謝恩，卻被小青一把扶住，帶入自己房中休息。

一連幾日，小青、大葵帶著素貞駕船出海四處尋找仙石，又向附近打魚的人詢問，但均無著落。素貞焦急萬分，日日以淚洗面。

聽鄉下人說，在海邊焚香燒紙，再在海中拋下西瓜，溺死的人便會浮上水面。小青怕素貞傷心，不敢告訴她，自己和大葵偷偷去海邊祭拜，並拋下西瓜，希望能在海面看見仙石的屍體。但先後做了五、六次，均無任何反應。小青、大葵相信，仙石哥可能仍在生。於是，小青不時對素貞說：「姐姐，你要堅強，仙石哥一定尚在人間，他一定會回來的。」

「我也是這樣想的！」素貞堅定地回答。

日子過得很快，一晃就過去了兩個多月。這天，和往常一樣，素貞又去到海邊，眺望那波濤起伏、無邊無際的大海。中午，烈日炎炎，海風呼呼地迎面吹來，素貞忽然看見仙石頭戴白冠，身著白袍，手持銀槍，騎在白色的高頭大馬上，笑著向她緩緩走來。那強烈的陽光

照在銀色的鎧甲上，閃亮閃亮的。那令人目眩的光芒讓素貞眼花繚亂，她想跑過去迎接仙石，但一雙腿就像灌了鉛似的，無比沉重。一股強勁的海風吹來，她上身一仰，向後倒了下去。幸好小青一直跟在素貞身後，見狀立即上前用雙手托住她，慢慢扶她坐下。

素貞在昏迷中喃喃說道：「小青，仙石被龍王抓走了，我們一起去龍宮把他救出來……小青，快來呀！」

聽到素貞的召喚，小青也昏迷過去，她感覺自己好像變成了一條四丈餘長的青蛇，與素貞一起急速向龍宮游去。她倆很快來到龍宮門口，守門的蝦兵蟹將中有幾位曾經跟隨素貞、小青參與水漫金山寺的戰鬥。見兩位光臨，連忙上前恭迎，並自告奮勇地帶她們進龍宮覲見龍王。

龍王聽素貞說明來意後，一口拒絕，不耐煩地大叫：「我這裡沒有你所說的仙石，你們快走吧，不然，別怪我不客氣！」

聽了這話，小青火冒三丈，就要闖進去尋人。素貞連忙攔住，說：「青妹，稍安勿躁，待我向龍王細細說明緣由。」

於是素貞將自己與夫君仙石離散的來龍去脈，向龍王講了個明白，再次懇求龍王念及其思夫心切，准許她入內

四處尋找仙石。

但是，龍王不聽則已，一聽竟勃然大怒，狂叫起來，大聲喝斥道：「你好大的膽子，竟敢以下犯上，誣衊我擄藏凡人，來人，給我綁起來，砍了！」

素貞見龍王一點情義都不講，竟無故命人斬殺她和小青，一時火起，大聲喝止：「誰敢！」轉頭再對龍王屬聲說：「龍王，既然你不仁，休怪我不義！小青，我們闖進去！」

龍王老羞成怒，見一眾將士不願與素貞、小青交手，於是念訣祭起定海神針，欲一舉將素貞、小青擊殺。

說起這定海神針，卻是大有來頭。話說在中國三皇五帝時期，大禹為了整治黃河泛濫的洪水，到天庭向玉皇大帝借了兩根定海神針。用完之後，大禹本想歸還天庭，卻被東海、南海兩位龍王要了去，說是海水寬廣浩大，洶湧澎湃，急需此寶物鎮住方可保四海穩定。玉皇大帝見無異議，也就半推半就地恩准了。

東海龍王那支定海神針，後來被齊天大聖孫悟空要了去，說是當武器掃平妖魔鬼怪，保東土唐僧去西天取經。剩下這支就掌握在南海龍王手中，成了祂殺害異己的工具。

118

這定海神針法力高強，威力無比，單說它發出的神光，就會讓凡夫俗子化為濃血，灰飛煙滅。素貞和小青如果被它鎮住，必死無疑。

此時，素貞、小青已被定海神針的法力攝住，動彈不得。正當龍王操縱定海神針向她倆壓下去，欲置其於死地之際，突然，佛光萬丈，將龍宮照得一片輝煌。一切頓時都靜止下來，定海神針也沒有了法力。只見觀世音菩薩金光護體，立於半空之中。素貞和小青連忙跪地叩拜，感謝觀世音菩薩救命之恩。

觀世音菩薩和顏悅色地對素貞說：「許素貞，我知道你尋夫心切，但一切皆有定數。當下，你只要好好護住自己和兩個孩兒就行了。」觀世音菩薩又對小青說：「小青，你扶著姐姐趕快回家去吧。」

待素貞和小青走後，觀世音菩薩對南海龍王說：「你竟然絲毫不思人間疾苦，絲毫不念人間情義，利用神針，濫殺無辜，作惡多端。念你也曾布雲施雨，造福人間，暫且罰你閉門思過，擇日到天庭親自向玉皇大帝請罪去吧。」觀世音菩薩說罷，收了定海神針，飄然而去。

南海龍王匍匐在地，虔誠地說：「謹遵觀世音菩薩法旨！恭送觀世音菩薩！」

小青猛地醒來，不明白自己為什麼也突然昏了過去。
她急忙喚醒素貞，背著她向家裡走去。

## 2

　　小青將素貞放在床上，讓她躺著休息，自己立即去請醫生給她看病。醫生給素貞把脈後笑著說：「恭喜！恭喜！這位女士已有三個月身孕，而且還是雙胞胎呢！」

　　醫生說完，開了幾副保胎藥。大家都為素貞高興，小青拿診金給了醫生，就去給素貞熬保胎藥。走前不忘恭喜素貞，說：「姐姐，恭喜你懷了雙胞胎！以後，你可要吃多點，因為一個人吃飯要養三個人呢！」

　　素貞聽了，也笑了起來。

　　又過了幾日，素貞對仙石的思念有增無減，尋找仙石的強烈願望讓她坐立不安，怎麼也靜不下來。一天早上醒來，她突然在想：既然海上、漁村都尋不到，可能仙石已經去了城市，我應該馬上去香港尋找。想到這裡，她再也按捺不住，立即翻身起床，走出房間向伯父伯母和大葵小青講明了要去香港的緣由，並拜謝了他們一家的收留之恩。他們極力挽留，也不能動搖素貞尋夫的決心。小青見姐姐執意要走，知道她尋夫心切，也不便強留，進房收拾了幾套換洗衣服，打成包袱，遞給素貞。

小青送素貞離開，她們走了十餘里，小青一路上講了許多在外要注意的事項，素貞一一點頭稱是。

　　小青和素貞雖然相識不久，但卻勝似親姐妹，也許，這是前世的淵源吧。臨別時，小青把幾塊錢交到素貞手中，說：「姐姐，這是我的一點私己錢，你帶上應應急吧。」

　　素貞感受到小青真摯的情義，也不推辭，含著淚收下了。她說：「小青，多謝你！也代我謝謝大葵。伯父伯母年邁體弱，你要多多費心，小心侍奉。」

　　「我會的，姐姐，你放心吧。」

　　姐妹倆手拉手，久久地，捨不得分開⋯⋯

　　離漁村二十里，有座青龍山，是去香港的必經之路。而山中有座錦繡莊園，莊主名叫王錦鴻。

　　素貞來到莊前，上去想討口水喝。看門人見她言談舉止頗有氣度，便問了問她的名字。這本當不該，但是素貞也沒有介意，回答說：「貧婦許素貞。」

　　正巧此時莊中管家出門辦事，聽見此名，返身進去報告莊主。莊主聽了，立即趕到莊門口，向素貞抱拳施禮，說：「敝人王錦鴻，恭迎表姐大駕！」

素貞一時懵了，心想：「我什麼時候有了這位表弟？」思量間，抱拳行禮，說：「貧婦眼拙，得罪這位英雄了。」

　　「表姐，這裡不便，請入內講話。」王錦鴻說完，引領素貞來到聚義廳，在主客位坐下，命人奉上香茗。

　　「好茶！貧婦受此厚待，莊主請直言相告。」素貞呷了一口茶，禮貌地說。

　　「表姐可記得在土峰上仙石與錦山比試之事？」錦鴻問道。

　　「你是……」素貞猜出了幾分，正欲說出，錦鴻接下話題，說：「我是錦山之親弟弟錦鴻。那日目睹表哥表姐的卓越武功，佩服至極。」

　　「原來是錦鴻表弟，失敬！失敬！」素貞連忙道歉。

　　「不要緊，不要緊，表姐不要見外，就把這裡當成自己的家一樣。」錦鴻說罷，吩咐管家準備酒菜，好好款待表姐。

　　「不用了，表弟，今天就不打擾了，改天吧，改天吧。」

　　這時，錦鴻的女兒從門外跑了進來，在素貞面前倒頭就拜，口中恭敬地說：「師父在上，請受徒兒三拜！」

素貞不知就裡，見狀連忙起身，欲扶起她，並向錦鴻問明緣由。這時，錦鴻的夫人趕過來向素貞賠禮，說：「表姐，對不起，唐突了。這是小女，名紫嫣，今年剛滿二十二歲。她從小醉心練武，但學藝不精。自從錦鴻回來說起你的精湛武功，她便日夜吵著要去向你拜師學藝。只是路途遙遠，錦鴻和我擔心她的人身安全而屢加阻止。剛才在內房聽見表姐大駕光臨，她拜師心切，因此驚擾了表姐，望表姐見諒。」

　　言畢，她與錦鴻分別站在紫嫣兩邊，拱手行禮，代紫嫣求情，懇請素貞收小女為徒。

　　素貞見表弟夫婦和紫嫣如此真誠，心有所動，於是請三人坐下。紫嫣不敢就坐，恭敬地站在素貞面前。素貞問紫嫣為什麼練武，紫嫣聲音響亮地回答：「強身健體，保家衛國！」

　　「練成武功，如何處事待人？」

　　「是非分明，鋤強扶弱！」紫嫣毫不猶豫地回答。

　　素貞很滿意紫嫣的回答，見她面目清秀，聰明伶俐，且具俠義心腸，很是歡喜，於是說：「紫嫣，我今天就收你為徒，你要牢記剛才自己講的話，不僅要練武功，還要習武德。」

說完，她就讓錦鴻安排兩個人在十丈處懸掛一面銅鑼，對紫嫣說：「紫嫣，你有什麼辦法可以站在我這裡敲響那面銅鑼？」

　　紫嫣想了想，拔下頭上銀簪，用力向銅鑼投去。她還算有點本事，銀簪沒有投空。但是，剛投中銅鑼的邊邊，就無力地掉在地上。

　　這時，只見素貞坐著未動，手指向銅鑼一點，「噹」的一聲，銅鑼竟發出了清脆的響聲。這就代表素貞可以在十丈外點穴（血），徒手取人性命。如此高深的武功，人們以前聞所未聞，更不要說見所未見了。在場的人面面相覷，一時鴉雀無聲，繼而爆發出熱烈的掌聲。

　　素貞對紫嫣說：「我之所以這樣做，是要你牢記內功的重要性。」

　　「是，徒兒銘記在心，一定勤奮刻苦，努力練好內功。」紫嫣對師父無比敬佩，堅定地回答。

　　當晚，素貞傳授了一套練習內功的上乘心法給紫嫣，並輔導她掌握練習的要領。素貞囑咐她一年之內要初成，爭取在一丈處可以點響銅鑼，屆時去香港找她。紫嫣一一應允。

第二天吃過午飯，素貞執意要走，錦鴻問起緣由，素貞也不隱瞞，把急著尋找仙石的情況一五一十地告訴了他。

「既然這樣，小弟也不好再挽留。我會吩咐下去，讓莊中之人都四處去打聽，若有消息，第一時間通知你。」錦鴻說完，命管家取了些錢來給表姐。

素貞堅決不收，笑了笑，風趣地說：「帶這麼多錢，我怕被人打劫，還是一貧如洗的好。」

「誰打劫到表姐頭上，那可真是倒了八輩子的霉了！」錦鴻詼諧地說。

聽了倆人的對話，大家都哈哈大笑起來。

## 3

　　素貞走到香港的西環，已近黃昏。她一個人孤單地站在街頭橋底，看那殘陽如血，聽那冷風似哭，心裡不禁湧上了一陣陣淒涼之感，鼻頭一酸，幾乎落下淚來，心想：「仙石要是在這裡該有多好。」

　　但現實就是這樣殘酷，讓她一個懷了孩子的女人孤苦伶仃，流落街頭。此情此景，讓人無比的心痛與唏噓！

　　素貞就是素貞，在這飽受困苦煎熬的時刻，雖然沒有希望，卻不絕望。理智告訴她，要追求，但不強求。隨遇而安，伺機而動，方為上上之策。

　　於是，素貞收拾心情，先計劃怎麼度過這漫漫長夜。街邊、屋簷、樹下、曠野……最後，她選擇在天橋底下睡覺。她看了幾座橋底，只有市中心的那個橋底最好，既遮風又擋雨，還有現成的紙皮和一張破桌子、一條歪板凳。她把紙皮鋪在地上，包袱往頭下一枕，躺下就睡。也許這一天太累了，她還來不及體會一下躺下的舒適，就睡著了。

　　不知什麼時候，素貞被一陣嘈雜的喝罵聲吵醒。她睜眼一看，一群乞丐正圍著她，罵著，喊著，有的還用木棍

敲打著地面，用腳踢踏著紙皮，那架勢，群情激憤得就像要淹死一個十惡不赦的小人。

素貞一驚，埋怨自己睡得太沉，立即一骨碌站起立定，厲聲質問：「你們想幹什麼？」

「你是什麼人，竟然膽敢侵佔老太君的寶地！」領頭的乞丐大聲嚷著。

素貞聽了，弄不懂什麼意思，一下子像墜入了五里霧中。

那群乞丐則更加激憤，像要把素貞打下十八層地獄似的。

眼前都是些窮苦之人，打又打不得，講又講不清，正在素貞左右為難之際，一支龍頭拐杖從上劈下，「咚」的一聲打在地上，剛巧把眾人和素貞分開，素貞竟然感覺到腳下有少許震動。

「怎麼了，這麼多人欺負一個女人，很威風嗎？」

隨著喝斥聲，一位年逾八旬的老婆婆站在了素貞的面前。她身材高瘦，威風凜凜，雙眼炯炯有神，看著素貞。眾乞丐兄弟一同喊了聲「老太君」之後，站在一邊不再說話。

「前輩，請受晚輩一拜！」素貞跪下，向老太君恭敬一拜。

「快快請起，坐下說話，別動了胎氣。」老太君說著，扶素貞坐在歪凳上。

「閨女，你怎麼稱呼我為前輩？」

「前輩，您剛才使的那一拐杖，是不是『排風棒法十八式』的第八式『一棒定江山』？」

「是的。你小小年紀，竟然知道得如此清楚，想必你是楊家槍法的傳人？」老太君握著素貞的手，著急地問。

「是的。我師父是楊承德，但是，他老人家已仙逝了。」素貞說著，憶起了師父和藹可親的音容笑貌，不禁流下淚來。

「好孩子，不要難過，在這裡有我呢！我這就認下你這個女兒，你快叫我一聲『乾媽』吧！」老太君激動地說。

素貞聽了，連忙跪在地上，真誠而恭敬地說：「乾媽在上，請受女兒三拜！」

素貞給老太君叩了三個響頭，起身站在她身邊。老太君連忙扶素貞坐下。

「我們母女之間不要這麼客氣，你現在有了身孕，以後乾媽就陪著你在這裡好好養胎。」

這時，乞丐兄弟們買來了食物和汽水，熱烈祝賀老太君喜得乾女兒。

老太君和素貞躺在紙皮上，徹夜長談。素貞講了自己和仙石一起習文練武，講了先師的博學多才、武功高強和仁義慈祥……老太君則講了自己一生的經歷。

原來老太君是宋代楊家楊排風的後人。當年，楊排風雖嫁於外姓，但兒孫都隨楊排風姓楊，所以老太君姓楊名金鳳，出生於離五嶺山五百里的端陽鎮，自小好舞槍弄劍，深得排風棒法真傳。她在私塾認識了楊承德，三年同窗，情投意合。後來，楊承德拜鳳山老祖為師學藝，一去十年，毫無音訊。當時楊金鳳已經是二十五歲的大姑娘了，在父母多番威逼下，只得下嫁給娃娃親的丈夫萬有財。婚後隨夫家下南洋做生意，又輾轉來到香港開辦了一家製衣廠至今。

老太君說：「後來聽老家來信告知，楊承德因師門規矩嚴格，故未能通訊。現學成歸來，專程前來提親，欲迎娶楊金鳳。」

老太君說到這裡，聲音有些哽咽。停了好一陣子，

才接著說：「這也是天意弄人，我和承德終歸是有緣無分。也罷！也罷！」

素貞抱著乾媽，輕聲安慰道：「乾媽，天意如此，半點不由人，你老還是放寬心，以後有女兒陪著你。」

素貞的話讓老太君轉悲為喜，開心起來，說：「你是承德的徒兒，就是我的女兒！我現在有兒有女，上天啊，我知足了！」

老太君晚年得子，姓楊名永祥。

「我還有位哥哥？」素貞問。

「不是哥哥，是弟弟。以後再慢慢講給你聽。」老太君接著又說：「乖女，天亮了，吃了早餐，再去請人給仙石畫個像，多印些，讓乞丐兄弟們幫忙四處張貼，尋找仙石。」

「全聽乾媽吩咐。」素貞感激地說。

「別叫乾媽，太生疏了，親點，就叫媽！」

「媽！」素貞立即親熱地叫了老太君一聲。

老太君滿心歡喜地應了一聲「欸」，拉著素貞的手說：「乖女，我們吃早餐去。」

吃了早餐，老太君請畫師照著素貞的描述畫了仙石的頭像，影印了很多張，吩咐乞丐朋友們四處張貼、詢問。然後，她帶著素貞坐上電車，從西環到筲箕灣，逐站逐站地介紹了一遍，並告訴素貞，香港本島最東面是柴灣，那裡沒有電車，要坐地鐵和巴士才能去。第二天，老太君帶素貞坐渡輪過海去九龍半島，因為面積太大，只看了幾個地方天就黑了。

三個月很快就過去了，但始終沒有仙石的消息。老太君對素貞說：「乖女，沒有消息就是好消息。仙石肯定還在人間，我們慢慢找。當務之急，是要保胎，讓寶寶平安出世，快高長大。」

素貞點頭稱是，從此把仙石藏在內心深處，定下心來保胎、胎教，等待寶寶平安出世。

寶寶歲月

# 4

「金鳳——老婆子——」

一天中午，老太君正在天橋下與素貞吃午餐，突然聽到有人大聲叫喊。

「死老鬼，才安靜了兩個月，又來煩我！也好，乖女，你來認認這個老爸。」

素貞還沒等老太君說完，就趕快站起身，與乾媽一起從橋底走了出來。只見不遠處一位老人搖搖晃晃地走來，身材中等，略肥，雖鬚髮皆白，精神倒還不錯。由於走得急，又喊又叫，走到跟前已是滿頭大汗、氣喘吁吁了。

素貞趕快拿了毛巾，雙手遞了過去，關心地說：「爸，快擦擦汗。」

萬有財接過毛巾，望著眼前大腹便便的姑娘，又看看老太君，一時竟不知說什麼好。

「老頭子，這是我新認的女兒，你認不認呀？」老太君說。

「認！認！認！這麼好的女兒，怎麼不認！」萬有財一邊連聲說「認」，一邊在長衫內掏出一把錢，塞在素貞的手裡，說：「乖女，來，接著，沒有紅包，權當見面禮。」

素貞一看，足有三百多塊，相當於一名高級職員一個月的薪金。她哪裡敢接，但又不想掃老爸的興，情急之下，一邊說「謝謝爸」，一邊把錢全數交到了乾媽的手中。

老太君心中一熱，想道：「承德選的徒兒真是好品行！」從此，對素貞更加疼愛。

三年前，萬有財因為和老太君對工廠管理有分歧，又嫌老太君嘮叨囉嗦，所以常發脾氣，對老太君不理不睬。老太君一怒之下，離家出走，從此不問工廠之事。在外面，她憑著那呼風喚雨、一呼百應的本事，很快就受到一眾流浪者、乞丐的愛戴與推崇，被尊稱為「老太君」。

萬有財一個人打理工廠，熬更頂夜，異常勞累，這才知道老婆成年累月為自己遮風擋雨的重要和辛苦。他多次屈尊下駕、低聲下氣地請老婆回來主持大局，但都被一一拒絕了。然而，當工廠遇到麻煩的事情，老太君還是會幫助他及時處理好的。

這次，萬有財又遇到了難題：訂單多，材料積壓，日夜加班恐怕也不能如期交貨，很快就要面臨違約的風險。

　　萬有財帶著老婆和女兒在廠裡巡視了一遍，指著堆積如山的原材料說：「老婆，有什麼辦法能使這些材料，儘快變成衣服交給客戶呀？」

　　老太君眉頭也皺了起來，一時想不出可行之法。她轉頭望向素貞，問道：「乖女，你有什麼好辦法嗎？」

　　素貞正在想先師講的「田忌賽馬」的故事，似有所悟，聽乾媽問起，就說：「我有一個不成熟的想法，但不知可不可行。」

　　「不要緊，說說看。」

　　「我們可以把工人平均分成兩組，變混合運作為雙線運作。兩條生產線競賽，看誰的任務完成得多，完成得好。多是指數量，好是指質量。這是其一。其二，每條生產線又看每個人誰完成的任務最多最好。其三是對完成任務的工人進行獎勵，而完成的任務又多又好則加倍獎勵。只要做好這三點，我相信生產任務一定可以超額完成。」

　　還沒等素貞講完，萬有財已拍響了巴掌，哈哈大笑，連聲稱讚，說：「乖女，好計策！好計策！」又對老婆說：「老婆子，我去找工頭安排分線，讓文員制訂獎勵條款，

立即執行，即日生效！」萬有財說完，就向廠房跑去。

「乖女，多虧有你。」老太君高興地說。

「媽，都是你教導得好。」素貞說完，挽著她的手臂，說：「媽，我們回去吧。」

不出一個月，訂單上的貨都如期製作完成，按時交給了客人。工廠不僅收到老客戶新的訂單，新客戶的訂單也陸續有來，其中還有幾張海外的訂單。樂得萬有財笑得合不攏嘴，他選了一個好日子，在香港興德酒樓宴請工廠全體員工。開宴前，萬有財在台上感謝全體員工辛勤勞作，鼓勵大家繼續努力，再創佳績。說到這裡，他把老婆和女兒請上台，大聲讚揚說：「我最要感謝的是我的太太和女兒，是她倆改善了工廠的管理制度，引領我們工廠蒸蒸日上，日新月異。」

話音剛落，台下響起了熱烈的掌聲。老太君抬手揚了揚，台下馬上靜下來，她把素貞輕輕拉上前，說：「我要鄭重向大家宣佈，這位就是我和萬廠長的女兒。」

「請大家多多關照。」素貞聽了乾媽的話，馬上謙虛地說。但因懷有身孕，只能略略向大家鞠躬。

老太君接著說：「另外，我要強調一點，那就是：我們工廠取得的一切成績，都是所有員工的功勞，都是

大家的功勞！」

此時，台下爆發出熱烈的掌聲和「好，講得好！」的喝彩聲。

第二天晚上，萬有財設家宴，一位英俊後生，身穿筆挺警裝，在萬有財右邊正襟危坐。他，就是萬有財和楊金鳳的親生兒子楊永祥。萬有財六十歲老年得子，老兩口感激觀音娘娘賜子之大恩大德，每天都要給神龕上的觀音娘娘聖像上香禮拜，虔誠至極。

楊永祥自小跟隨母親習武，「排風十八棒法」練得爐火純青。十七歲中五會考成績優異，大學畢業後就棄文從警。由於機智果敢，表現出色，二十五歲不到就由普通警員升任總督察，可謂警隊的明日之星。

對於辦工廠做生意，永祥沒有半點興趣。兩老年事已高，多次想讓他接掌家族的工廠生意，但他總是調皮地說：「你倆還這麼年輕，精力旺盛，過幾年再說吧。」

說得年邁的父母親哭笑不得，只好暫時作罷。

永祥雖然二十五歲了，但還是不改小時候的頑皮習氣。這些天來，老聽見母親盛讚姐姐聰明能幹，武藝高強，他有些不服。不過，看到姐姐近月來幫助父母把工廠打理得井井有條，面目一新，心中很是佩服，覺得姐姐聰明能幹

是實至名歸的。但要說姐姐武藝高強，他總想找機會試試這位新來的姐姐的虛實。

於是端起酒杯，對素貞說：「姐姐，衷心感謝你為父親母親分憂解難，來，小弟敬你一杯。」

「謝謝弟弟的盛情！」素貞說著，端起酒杯，正想伸手，只覺一股內力襲來，心中頓時明白，微笑著，若無其事地舉杯迎了過去。

說也奇怪，永祥完全感受不到素貞的內力，只覺得自己的手臂在顫抖，酒杯裡的酒幾乎濺了出來，內心竟有些許惶恐。

永祥這時才知道，姐姐的內力達到了「無形勝有形」的最高境界，不知要強過自己多少倍。他趕緊撤回內力，放下酒杯，一步跨到姐姐面前，就要跪下拜師。

素貞急忙扶住永祥，說：「弟弟，姐弟之間，不必當真。」

「永祥，什麼叫真人不露相，你現在明白了吧！」老太君開導兒子，又說：「學習也不在一時，還不先向姐姐賠個不是！」

萬有財不懂武功，見永祥把酒險些弄濺了，也說：「你

這孩子，以後小心點。」

「爸，媽，我和弟弟鬧著玩的，讓你們見笑了。」素貞邊說邊把永祥扶到座位，說：「弟弟，我們一起來敬父親母親！」

永祥也不忸怩，大方地說：「好，聽姐姐的，一起來敬父親母親。」

於是，四隻酒杯碰在一起，四個人笑著齊聲說：「乾杯！」

飯後，萬有財兩父子拗不過楊金鳳兩母女，只得讓素貞與媽媽相互攙扶著回到天橋底睡覺。素貞已近臨盆，今晚去工廠吃飯，一來一回覺得有點辛苦，躺下就睡著了。不料剛過三更，便覺得腹部一陣一陣疼痛，她忍著痛，推醒老太君，說：「媽，我肚子好痛！」

「是不是要生了？算算日子也差不多了！」老太君翻身起來，叫醒幾個乞丐兄弟，用門板抬著素貞往就近的醫院跑。老太君在一旁不斷喊：「跑慢點，抬穩些，不要把人翻下來了！小心！小心！」

一進門，老太君就大聲召喚護士，說：「快，快，快叫醫生來，我女兒要生了！」

兩名護士跑過來，看著衣衫襤褸的老太太和幾個邋裡邋遢的叫花子，連忙擺手，說：「對不起，沒有錢，我們醫院不接生！」

　　老太君一聽火起，龍頭拐杖在地上戳得「咚咚」的響，大聲吼道：「狗眼看人低的東西，錢，錢，錢，就知道錢！出了事，三條人命，你們賠得起嗎？」

　　同來的乞丐兄弟也跟著起哄，大吵大鬧。

　　這時，裡面值班的主任聽到吵鬧聲跑了出來，見到老太君，立即上前和顏悅色地對她說：「不知您老人家駕到，多有怠慢！多有怠慢！請息怒，請息怒，我馬上處理，您放心，您放心！」

　　主任說完，馬上叫一名護士趕快去請接生的主治醫生；再叫另外那名護士去推擔架車，把素貞送到產房，立即準備接生。

　　老太君感謝幾位乞丐兄弟幫忙，吩咐他們去通知萬廠長，然後回去休息。乞丐兄弟走時，老太君還特地叮囑，要萬廠長派廚師去民家買活烏雞燉湯送來醫院。

　　老太君坐在產房外的長木凳上焦急地等待。不一會兒，萬有財和楊永祥也聞訊趕來探望。三個小時過去了，突然，產房裡傳來幾聲嬰兒響亮的哭聲。

「生了！我的乖女生了！我當外婆了！」老太君「霍」地站起來，異常開心地叫了起來。

萬有財和楊永祥也笑得合不攏嘴。一家人正在高興，想去產房門口接人的時候，產房裡又傳出幾聲嬰兒的哭聲，雖然沒有先前的響亮，卻也十分清脆。

「龍鳳胎！我有一個外孫兒和一個外孫女了！感恩觀音娘娘！感恩天地神靈！」老太君一邊笑著念叨著，一邊雙手合十虔誠禱告。

萬有財和楊永祥也分別為自己榮升外公、舅舅而喜笑顏開。三個人一起衝到產房門口，都想第一個看到素貞和兩個小寶寶。

終於，產房的大門打開了。三個人圍著素貞又安慰又恭喜。素貞雖然產後較虛弱，但仍然微笑著說：「感謝爸爸媽媽！感謝弟弟！」又說：「你們去看看兩個寶寶，給他倆取個名字吧。」

這時，護士剛好把兩個寶寶用的嬰兒車推了過來。只見一個寶寶劍眉大眼，應該是哥哥；另一個寶寶就是妹妹了，她的粉臉上，一對丹鳳眼配著如柳葉般的柔眉。那兩對小眼睛一同睜開，眼珠黑亮黑亮的。

這一對兄妹，睜開眼睛看了一下，也許覺得，外面的天地雖然新奇，卻比不上母親腹中的世界美好。於是就再次閉上雙眼，想像自己仍在母親溫暖的肚子裡。

萬有財回過神來，趕緊吩咐太太和兒子陪素貞去產婦房休息（兩個外孫則由護士送去了初生嬰兒房），自己忙不迭地跑去醫院櫃檯繳交所需費用。萬有財剛辦完手續，就看見工廠的廚師提著烏雞湯走進醫院大門。他急步迎上去，接過一滿罐雞湯，叫廚師回廠，自己轉身向產婦房快步走去。

素貞住在獨立的產婦房內，喝了一碗熱騰騰的烏雞湯，有了些精神。一家人討論兩個小寶寶的名字，結果是，男孩子叫天恩，女孩叫天惠。意思是希望兩個孩子記住上天的恩惠和人間的關愛，知恩圖報，造福社會。

老太君說：「素貞帶著天恩、天惠出院後，和我一起搬回工廠宿舍大樓住，請廚房張大媽專門負責照料素貞三母子（女）。」接著，笑了笑，她指著萬有財和楊永祥，說：「我就當你們的總管。」

永祥調皮地說：「媽媽當總管，我舉雙手雙腳贊成！」接著，又一本正經地說：「你們早就應該回來住！這下好了，姐姐以後幫忙打理工廠，家裡的事，不要再煩我，讓我專心做好警務的工作。」說完，像小孩那樣拉著素

貞的手哀求道：「姐姐，你不要不管我，我武功這麼差，你一定要教我。」

素貞知道幹警察這行艱苦凶險，她很欣賞永祥不畏艱險、忠於職守的精神，也被他的真誠所感動。但是，他是乾媽的兒子，乾媽教他的武功也很好，自己如果再教他，或會有僭越不敬之嫌。想到這裡，不由自主地向老太君望去。

老太君是何等的精明，見素貞如此表情，知道她想教永祥又顧慮到自己這個前輩，於是對素貞說：「乖女，我老了，想教都沒有氣力了，你就代替我教教你弟弟吧。」

素貞聽了乾媽的話，馬上對永祥說：「弟弟，只要你不怕吃苦，姐姐一定教你！」

永祥聽了，莫名地興奮，雙腿一併，舉手敬禮，頑皮地說：「敬禮！多謝女俠！」

「這孩子，都二十五歲了，何時才能變得成熟一點。」老太君疼愛地責備兒子。

最高興的應該是萬有財，求了三年，老婆子都不肯回來。他一直為自己過去的粗魯而內疚，也為老伴長期在外受苦而心疼。現在終於好了，老伴肯回來了，還帶回了女兒和兩個外孫，一家人大團圓。他無比的歡樂，真是難以

用言語來表達。他一天到晚不辭勞苦，笑著不停地為老婆、孩子，為這個家做這做那，他覺得這就是最大的幸福。

　　素貞坐滿月後，兩個孩子有張大媽悉心照看，又有老太君陪伴，於是，她白天幫乾爹打理工廠事務，晚上教永祥武功，還抽時間補習英文和法律知識，忙得不亦樂乎！

# 5

時間過得真快，轉眼一年有餘。

這天，在工廠大門口，有一位年輕姑娘說要找素貞師父。剛巧老太君準備出門，看那姑娘婷婷玉立，眉清目秀，一臉豪爽英氣，不禁有幾分喜愛，於是走上前，問道：「姑娘，你叫什麼名字？你找素貞有什麼事？」

「我叫紫嫣，素貞是我師父，我是應師父一年之約，來拜見師父的。」那姑娘大方地回答。

老太君聽見這姑娘一口一個師父，就知道她是尊師重道之人，越發喜歡起來。

這時素貞聞訊走了出來，紫嫣馬上趨前施禮，就要跪下叩拜。素貞連忙扶住，說：「紫嫣不必多禮！」

素貞把乾媽扶到一邊，輕聲說：「媽，還看得上眼不？」

老太君知道素貞的意思，呵呵笑了起來，連聲說：「滿意！滿意！十分滿意！以後就要看永祥那小子的造化了。」

「媽說的是。」素貞說完，對紫嫣說：「這位是我媽，你以後就叫……」

「以後就叫我老夫人。」老太君不等素貞說完，搶著告訴了紫嫣。

素貞心中暗喜，「老夫人，少夫人」，看來乾媽是認定這個兒媳婦了。

紫嫣也很乖巧，連忙上前向老太君施禮，說：「紫嫣給老夫人請安！」

「免禮！免禮！我們回去吧。」老太君笑著說。

於是，素貞和紫嫣，左右兩邊攙扶著老太君回到工廠大樓。老太君讓紫嫣去拜見萬有財廠長。廠長見到紫嫣，聽到有關介紹，當然也是笑得合不攏嘴。晚上永祥回來吃飯，看見多了一位有如出水芙蓉般的年輕姑娘，心中不免一動。但男子漢的尊嚴讓他目不斜視，端坐在父親身旁。紫嫣原先聽說師父有一個弟弟，心裡也想像過幾個模樣，但如今走進餐廳坐在她對面的英俊男子，卻是與想像完全不同，不由得莞爾一笑。

這一笑落進永祥的眼裡，宛如一石投入水中，在他心裡激起了層層浪花，臉一熱，低下頭，再也不敢向紫嫣望去。

老太君看在眼裡，喜在心中，想道：這兩個孩子都有點意思，不如我再推他們一把。想到這裡，老太君不

緊不慢地對永祥說：「永祥，人家紫嫣初來乍到，你怎麼連招呼都不打一個。快去，敬紫嫣妹妹一杯。」

母親的話就是命令，更何況這也是他正想要做的事。他於是站起身來，拉拉衣襟，端起酒杯向紫嫣走去。

素貞知道乾媽的意思，連忙對紫嫣說：「紫嫣，以後你就要天天與永祥一起練武了，還不快過去與永祥喝一杯，大家熟悉熟悉。」

師父的話給了紫嫣勇氣，她也想仔細看看這位武伴的模樣。於是迎上去，與永祥「噹」的一聲碰了杯。

這時，久未作聲的萬有財，不知怎麼的也突然開了竅，好像趁熱打鐵似的，吩咐兒子說：「紫嫣姑娘初來乍到，對工廠及周圍環境不熟悉，吃了飯，你帶她四處走走，介紹介紹。」

「是，父親！」永祥立刻應允。

飯後，永祥帶著紫嫣出去了。素貞笑著說：「爸，媽，看來您兩老很快就有『新抱茶』喝了。」

「乖女，承你貴言了！」萬有財和老太君說完，開懷大笑。

素貞先後向永祥和紫嫣傳授了上乘的內功心法、時遷輕功心法和快速出槍法。通過刻苦練習，倆人在這三方面的武功都突飛猛進，逐現爐火純青之象。不久，紫嫣考取了警校，畢業後，加入了警隊。由於她心思縝密，武功高強，帶領隊友屢建奇功，第三年便升為高級督察。永祥也不錯，這時已成為了名副其實的高級警司。就在這一年的春節，永祥和紫嫣喜結連理，成為了警隊的模範夫妻，一時傳為佳話。

素貞這三年來幫助乾爹乾媽把工廠打理得有聲有色，生意額與日俱增，總資產達到了一億五千萬美元。她自己的學習也大有收穫，在英語和法律中級班皆以優異的成績通過了考試，拿到了兩個課程的證書。但是，她仍然時時刻刻牽掛著仙石。每晚，待兩個孩子熟睡後，素貞都會久久地站在窗邊，眺望著遙遠的夜空，為仙石默默祈禱，祈求觀世音菩薩和天地神靈保佑，讓夫君仙石平安健康，早日歸來。

有一天，小青來工廠見素貞，兩姐妹久別重逢，非常親熱。素貞帶小青到酒樓飲茶吃飯敘舊，傾訴離別思念之情。小青告訴素貞，她和哥哥大葵一年前就來到香港工作，哥哥做搬運，她做侍應。但兩人在工作中都遇到一些問題，公司處理得很不公平。素貞聽了馬上追問：「小青，什麼情況，你仔細告訴我。」

於是小青一五一十地說出了事情的始末。原來小青在酒樓工作時，被檯板撞得頭破血流，卻無人理會，只得自己叫車去醫院救治，落得長期頭暈恐懼之症。公司不僅遲遲不予合理賠償，連支付工傷病假的錢也說三道四，未能及時發放。而大葵在工作中因公司提供的工具不全，遭重物砸傷左腿大腳趾，雖有賠償，卻少得可憐。

　　素貞聽了，非常氣憤，說：「這些人欺負你們不懂法律，有意為難，真是欺人太甚！」素貞又說：「小青，你去請律師幫忙打官司，要求從民事索償轉為刑事控告。因為你頭部受傷，流血不止，這是萬分危險、人命關天的大事。但在場的公司主管卻無動於衷，不予理睬。你就控告公司草菅人命，有企圖謀殺之嫌。」

　　「至於大葵，大腳趾嚴重損傷，而大腳趾失靈會牽動全身，雙腿行動不便則影響終生。所以要求勞工處重新驗傷判傷，重新審議賠償事項。」

　　素貞說完，交了茶飯錢，回到工廠，利用休息時間，請有關文員幫忙，寫了兩封陳情信，交給小青帶回去，分別交給了律師和勞工處。

　　有關方面看了陳情信，覺得事態嚴重，非常重視。不久，小青的老闆親自前來慰問，不僅補發了全部工傷假的工資，還將原來的賠償金額提高了五倍，達十二萬之多。

通過協商，公司最終與小青庭外和解。大葵也獲重新驗傷判傷，得到了公正、合理的精神與傷殘賠償。這時，樓價低，兄妹倆用六萬五千港元在新都城買了一個大單位（一層樓），把父母從漁村接來香港一起生活。

事後，素貞徵得乾爹乾媽同意，安排小青、大葵在工廠工作，從剪裁縫紉開始做起。一年後，兩人都成為了工廠的骨幹。

蜜蜜歲月

# 6

　　香港是法治社會，加上警察努力工作，社會上還算是平靜穩定的。但由於近日黑幫為爭奪地盤不時拼殺械鬥，加之盜賊乘機作祟，難免使人提心吊膽，惶恐不安。

　　俗話說，「夜晚是罪惡的溫床」。香港夜生活豐富多彩，但也難免發生罪案，嚴重影響市民的正常生活。

　　是年十月，正當人們夜夜笙歌，燈紅酒綠，醉生夢死，樂不思蜀的時候，突然傳出夜間出現採花大盜的消息。據說有兩個大戶人家被劫財劫色，損失慘重。一時風聲鶴唳，草木皆兵，人心惶惶。

　　這個採花大盜輕功極高，飛簷走壁，來去無影無蹤。受害的兩個大戶人家到警署報案，捶胸跺腳，嚎啕痛哭，讓人為之動容。鑑於此賊武藝高強，輕功了得，警務處處長點名警隊武術比賽冠亞軍，乃模範夫妻的楊永祥、王紫嫣倆人全權督辦此案，務必兩日內擒拿此賊。

　　在喜來酒店頂層的一間高級套房內，黑燈瞎火的，一個五短健碩的男人躺臥在金絲搖椅上，慢悠悠地晃著，享受著這繁華都市裡難得的寧靜。他的兩隻閃著綠光的眼睛在黑暗中，警惕地掃視著前方窗外聳立著的座座樓頂，雙

耳像聲納般搜索著來自四面八方的微弱聲響，就像一隻噬血的餓狼蟄伏著，隨時衝出，一擊即中。

他對自己還是蠻有信心的，心裡想：「楊永祥、王紫嫣的武術輕功我也見識過，也不過如此，要捉住我，簡直是做夢！」但是，他沒有想到，楊永祥、王紫嫣在比賽場上表現出來的只是所學的三、四成而已，他們的真實實力遠高出他一倍有餘。若單挑的話，不出十招，肯定能將他這個小丑生擒活捉。

他又想，什麼飛俠鳳俠，都是人們傳出來的，他在香港犯案前也曾仔細勘查踩盤，徹夜蹲點偵察，並無發現任何異常現象。所以，他得出一個判斷：所謂飛俠鳳俠，乃子虛烏有也。

於是，他定下心來，養精蓄銳，準備今晚採下那朵環球小姐之花後就遠遁他方。

但是，他萬萬沒有想到，就在此時此刻此地，一雙明亮的眼睛已將他緊緊鎖住。而且，需要的話，不費吹灰之力，即可取其性命。

這時，電視機無聲地開啟了，他把眼一瞇，正好看見眾人歡送環球小姐坐上轎車返回希爾酒店香閨的畫面。他「咯咯」地笑了幾聲，想到這世界第一的絕色美女即

將成為他的囊中物、盤中餐，一時興奮得忘乎所以。那電視屏幕發出的紅、綠、紫、藍、黃五彩光芒交替照射著他，他的那張滿是橫肉的臉也交替地變幻著，顯得特別的醜陋猙獰，簡直是一頭十足十的魔鬼。

只見他下顎十分突出的喉結上下抽動了一下，狠狠地吞下了一團口水，裂開大嘴，露出了兩排黃裡帶黑、參差不齊的牙齒，像要立即把這朵嬌豔的花兒揉碎，一口吞進肚裡。

但是，他還是冷靜地躺臥在金絲搖椅上，慢慢地晃著，耐心地等待最佳時機的到來。

手錶的短針指向凌晨三點正，繁華熱鬧的香港終於沉寂了下來，進入了甜美的夢鄉。他拉下鬆緊帶的袖口，遮住腕上那隻價值百萬的勞力士手錶，一躍，從特定留下的窗縫口飛出，縮骨功、輕功配合得天衣無縫。

在希爾酒店四周的暗處，早已有便衣警察嚴密把守。在通往環球小姐香閨的酒店大堂及所有樓梯、通道，也都層層布防。酒店的閉路電視監控室裡則有偵緝高手、電腦專家駐守。可謂是做到了滴水不漏，萬無一失。

楊永祥和王紫嫣就站在環球小姐睡房外的左右兩側，屏息靜氣，眼觀四路，耳聽八方，不敢有絲毫鬆懈。整個

酒店表面上雖然平靜如常，但暗地裡卻劍拔弩張，大有一觸即發之勢。

楊永祥看了看夜光錶，已經是凌晨三點過五分，但四周還是死一般的沉寂，沒有任何異象。永祥掩至房門口，正要招呼紫嫣過來，突然臉的側面感到有微弱的氣息從門縫中拂出。說時遲，那時快，「澎」的一聲，永祥破門而入，手指向窗口正欲逃走的那人點去。幾個動作迅猛連貫，彈指一瞬間。

那人似乎被點中穴道，一動不動。永祥飛步上前，一把抓住，將其反手鎖上手銬。這時紫嫣緊跟著來到，用素貞師父教的獨門解穴法迅速解開了他的穴道。那人扭過頭來，永祥一怔，說：「怎麼是你！」原來此淫賊是永祥的同學施得史。

「怎麼就不能是我？」施得史陰陰地說：「香港大比武的時候我是讓著你的，今天我被擒，也不是你的功勞。」

施得史暗想：我在進房之前，已經仔細地檢查了周圍的環境，並確認房中除了環球小姐之外，沒有第二個人的呼吸聲，為什麼進來還是被別人點了穴。莫非此人深諳龜息大法？唉，只怪自己技不如人，如今失手被擒，也沒有什麼好說的了。

施得史正想著，忽然聽見楊永祥說：「嘿，你這個淫賊還不服氣是吧！好，我今天就學諸葛孔明七擒七縱孟獲，來個七擒七縱施淫賊。」說著，他打開施得史的手銬，退到一丈開外，對他說：「好了，你走吧！」

　　「那我就不客氣了！」施得史以為撈到了救命稻草，暗喜，話沒說完，一運功，就想遁去。

　　但是，他剛一動身子，就好像被無數隻手按住，動彈不得。當他想放棄時，身體又能動了。於是，他使出絕招，想騰空飛起，一走了之。但他剛一發功，又像是被無數隻手按住，讓他動彈不得。就這樣反覆七次，也沒有成功逃脫。

　　「好了，七擒七縱。施得史，既然你不想逃，那就跟我走一趟吧。」楊永祥笑一笑，揶揄他。

　　施得史「咚」的一聲跪在地上，連聲說：「楊警司，神功了得！神功了得！我心服口服，我願依法受刑。」

　　這時，環球小姐「嗒」的一聲拉開電燈，笑著拉開薄如蟬翼的羅帳，從床上走下來，拍著手稱讚道：「楊警司果然英明神武，讓人信得過！完全信得過！」

　　永祥給施得史戴上手銬頭罩，和紫嫣一起押著他走出房門。臨出門前，轉身向房內舉手敬禮，表示感謝。

酒店大廳燈火通明，數十警員、房客和記者守候在那裡。見到永祥、紫嫣押著淫賊下來，全場爆發出熱烈的掌聲和歡呼聲。二十幾位記者蜂擁上前，鎂光燈不斷閃爍，力求把這振奮人心的重大新聞於明早儘善儘美地傳播給香港和全世界。

記者們圍住永祥、紫嫣和環球小姐，請他們三人一起合影並講話。永祥說：「朋友們，你們辛苦了。今天有幸能捉拿疑犯，是全體同仁的功勞。我們還要連夜審訊疑犯，對不起，恕不奉陪了。」說完，他安排兩名女警繼續保護環球小姐，便和眾同事押著疑犯走出了酒店大門。

大堂內，記者們還不滿足，一定要請環球小姐講幾句說話。環球小姐伸出大拇指，稱讚說：「香港警察是最好的！我相信香港警察！」

……

在環球小姐睡房裡，素貞待永祥等四人都走了，才從環球小姐睡房的化妝間走出來，她為永祥弟的大智大勇感到由衷的高興。她信步走向紗窗，站在窗口，看見高空盤旋的直升機的探照燈光，把酒店四周照得如同白晝。這時，她猛地想起了探照燈下那波濤洶湧的大海，仙石為了救她，拼盡全力將她推向海岸邊，自己卻被惡

浪卷走，生死未明。她曾經聽到有人說，「夫妻本是同林鳥，大難當頭各自飛。」然而，仙石，她的夫君仙石在生死關頭，卻毫不猶豫地把生的希望送給了她，而把死的危險留給了自己。這，應該就是愛情的真諦吧。想到這裡，不由得整個心像被揪著般疼痛。她眺望著無際的星空，默默地呼喚：「仙石，我的仙石，你在哪裡？你究竟在哪裡？你不在海裡，不在地上，難道你在天宮？」

素貞腦內靈光一閃，突然地覺得自己幻化成一條大白蛇，旋即又覺得自己變成了一條小白龍，穿霧過雲，「嗖」的一聲飛到了南天門。但是，牠立即被鎮守在那裡的天神順風耳和千里眼截住。素貞施禮後向他倆講述了事情的始末，最後又說：「兩位天神，觀音娘娘曾告知，我夫君白仙石是太上老君煉丹爐中的陪煉石。請天神幫我聽聽看看，我夫君是否回到了煉丹爐。」素貞說罷，向兩位天神深深一躬。

順風耳和千里眼被素貞的真情感動，但天規森嚴，門規難違，只得回答道：「此地乃是天庭重地，豈容你隨意騷擾，還不速速離去！」

素貞心想，我既然來了，就要知道個究竟，弄個水落石出，豈可無功而返。於是，就想闖入南天門，去尋太上老君問個明白。此時，赤腳大仙正好走過來，欲出南天門。

素貞一見，記起乾媽日日跪拜的神像，竟然和赤腳大仙一模一樣。

原來，當年赤腳大仙奉玉皇大帝聖旨，下凡為民間消災解難，偶遇楊排風，覺得她頗有仙緣，於是收她為徒，並傳授十八棒法，即現時的「排風十八棒法」。據說有一天，赤腳大仙向眾仙家表演神功，一時興起，一腳跺下，地動山搖，日月無光，眾仙家也被震得向兩邊飛退。後來，赤腳大仙把此法力融入棒法，成為十八棒法的第八招「一棒定江山」。所以，赤腳大仙乃是楊家排風一派的開山鼻祖。

素貞趕緊俯首跪拜在赤腳大仙面前，恭敬地說：「鼻祖在上，請受晚輩三拜！」

赤腳大仙扶起素貞，詢問之下，方知她是楊家真正傳人，不覺甚為疼愛。得知素貞要去太上老君那裡打聽白仙石的下落，拉著她就想進去南天門。

「赤腳大仙，不用去了，我來了！」聲到神到，太上老君已站在赤腳大仙旁邊。他說：「許素貞，快來聽本神口傳觀世音菩薩法旨！」

素貞急忙跪下，低頭恭聽。

「許素貞，你上天入海冒死尋夫，真情可嘉。白仙石

之事，天庭自有安排。你速速回去，好生修煉，功德圓滿之時，當可化蛇為龍。汝當牢記。」

「弟子許素貞謝觀世音菩薩恩旨！」說完，三叩首，再起立，抱拳躬身，感謝太上老君和赤腳大仙厚愛。

「你快回去吧，我且送你一程。」赤腳大仙說完，廣袖一揮，素貞就如一道白光，一閃便不見了。

素貞猛地清醒過來，不知道自己為何突然心神不定。此時，直升機逐漸遠去，腳步聲愈來愈近，想是環球小姐回來了。素貞急忙運起輕功，縱身躍出窗外，向家裡飛去。那裡，有她的心肝寶貝，那裡，有她和仙石的親生骨肉。

永祥、紫嫣如期偵破了這起重大的劫財劫色案，全港欣喜，舉世矚目。夫妻倆不僅雙雙晉升一級，還受到港督嘉獎，一時成為城中佳話。

香港是個多元化的開放城市，五花八門的幫派團體比比皆是。他們為了生存，為了自身的利益，不時發生爭執，甚至械鬥。香港警方雖然多次阻止，但幫派之間互相爭鬥而使人傷殘、死亡的事件仍時有發生。

劫財劫色案被及時偵破後不久，警方接到線報，得知有兩派較大的黑幫相約八月十五在春江飯店開宴談判，若談不攏就刀下見真章。

春江飯店那裡正是楊永祥的管轄區域。

離八月十五只有兩天了，永祥調兵遣將，精心布局，務求一舉瓦解這次可能發生的黑幫廝殺行動。

因家母病重，紫嫣於八月初就告假回錦繡莊園探望雙親。所以，永祥這次行動她並不知情，不能像往常那樣，夫唱婦隨，共同進退了。

八月十五到了，春江飯店大堂裡，兩派老大、老二、老三、老四等人各不相讓，為地盤爭得面紅耳赤，拳頭在紅漆大桌上擂得震天價響，只差沒有「開片」殺人。雙方爭吵了三個小時，不僅沒有結果，混亂中還傷了好幾個兄弟。被雙方請來調解和裁判的黑幫元老見局勢再難控制，跳上桌，大聲喝斥：「你們這樣吵鬧算什麼？我不管了，也管不了！你們自己去海邊沙灘分個高低吧！」

「好！走就走！」眾頭目狂嘯亂吼起來，各自率領百十號人浩浩蕩蕩地湧到了海邊沙灘，擺開陣勢，準備廝殺，一決雌雄。一時間，整個沙灘戰雲密布，大戰一觸即發。

「不准動手！」一聲喝令，似驚雷般將在場所有人鎮住。眾人向場外望去，只見總警司楊永祥一身戎裝，

隻身急步邁進場中，穩穩地站在兩派中間，聲色俱厲地質問雙方老大：「知不知道你們這樣做是犯法的？打死人誰負責？」接著指住幾個頭目問：「誰負責？你？你？你？還是你？」接下來，永祥放緩聲調，說：「今天是八月十五，中秋團圓，快回家和妻兒團圓，吃月餅去吧！」

兩派老大對望了一眼，意思是說，楊永祥再厲害，也只有一個人，不足為懼。要是他不幸光榮犧牲了，混亂中也沒有人知道是誰幹的。

片刻，死一樣的沉寂。

突然，一柄大刀舉起，以雷霆萬鈞之力向永祥當頭劈下。永祥見來勢凶猛，側身避過。不料，他身後竟有一桿長矛與頭頂的大刀同時發力，向他的背膛心直戳而來。好個永祥，也不慌亂，稍稍把身子挪開，用力將長矛夾在腋下。

永祥本以為和以前一樣，只是普通爭鬥，沒想到雙方都有備而來，且暗藏高手。看來是自己大意低估了。

永祥正想著，並欲抽身彈出。就在此時，與刀、矛同時發功的鐵鷹爪橫掃過來，直取他的下路。瞬息之間，永祥身體的上、中、下三路同時受到攻擊，招招奪命，狠毒至極。

永祥心想，這鐵鷹爪只有硬接了，就是受重傷也比死了的好。於是，心一橫，伸手就接。誰知，「噹」的一聲，鐵鷹爪竟落在他身旁的地上。接著，「嘭」的一聲巨響，地動山搖，一股強大的氣浪將兩派各一百多人分開，硬生生地沖退了數丈。

「一棒定江山！」永祥叫出聲來。

但此時不是弄清楚什麼人用了什麼招數救了自己的時候，他迅速拔出信號槍，朝天射出紅、黃、藍三顆信號彈。隨著信號彈升起，左、中、右三路各兩百名警察吆喝著衝向黑幫，將兩派分割，團團包圍……

永祥發射了信號彈，轉身尋找救命恩人，卻不見恩人的蹤影。

永祥安排同事將黑幫眾人押回警署逐一登記審訊，然後，回到家裡向母親大人稟報了這兩次發生的奇事，又問母親大人知不知道恩人是誰。老太君笑了笑，對永祥說：「當今世界，有此神功的只有一人。」

「是誰？」永祥迫不及待地問。

「你想想，你應該知道的呀！」老太君還是不肯告訴兒子，要他自己想。永祥又猜，問道：「莫不是坊間盛傳的『飛俠』？」

老太君望著兒子，只笑不答。

過了兩天，紫嫣從娘家回來，永祥詢問岳母的病況，紫嫣說已差不多痊癒了。因為擔心永祥，所以不顧父母挽留，急急趕了回來。於是永祥細細告知了八月十五晚上發生的事情，最後說：「我總覺得，幫我們、救我的是同一個人。母親說，我應該知道，紫嫣，你說，我們的恩人是坊間傳說的『飛俠』嗎？」

紫嫣輕輕點了一下永祥的額頭，說：「我的總警司大人，你是聰明一世，糊塗一時啊，這位幫我們、救你的大恩人就是你的姐姐，我的師父呀！」

「我都想是大姐，但是，大姐怎麼知道母親的武功『一棒定江山』呢？而且威力又是那樣巨大。」永祥還是有些想不通，將信將疑地說。

「永祥，你真是鑽牛角尖。你想想，我的師祖是誰就明白了。」

永祥想了想，一拍巴掌，興奮地說：「紫嫣，我明白了。大姐得楊家武學真傳，『排風十八棒法』作為楊家武術的一部分，大姐當然瞭如指掌。紫嫣，我怎麼就沒想到這一點呢！」又說：「『一棒定江山』這招太重要了，太有實用價值了，我一定要向大姐好好學過來！」

永祥說完,高興得抱起紫嫣轉了起來。

晚上,萬有財設家宴,慶祝兒子、媳婦分別榮升為總警司和總督察。這時,天恩、天惠已滿三歲,張大媽特地把兩張孩子坐的高凳搬來,讓他們坐在素貞與老太君中間,便於照顧。天恩、天惠很乖,不吵不鬧,用調羹(湯匙)吃著老太君不時夾進小碗的可口食物。

酒過三巡,永祥和紫嫣站起來,走到素貞身旁,雙雙跪下,永祥激動地說:「大姐,感謝你的救命之恩,小弟永世不忘!」

「師父,感謝您教導之恩!感謝您對我夫君永祥的救命之恩!徒弟終生不忘!」紫嫣緊接著永祥的話也激動地說。

「哎呀,你們倆這是做什麼呀!一家人守望相助本來是應該的啊!快快請起!快快請起!」素貞似乎被永祥、紫嫣出乎意料的舉措驚住了,慌忙站起來,一邊說,一邊伸手扶他們起來。

「永祥、紫嫣,你倆跪好!」老太君喝止,扭頭對素貞說:「乖女,他倆這一跪,你應該受,也受得起。因為,他倆之所以有今天,完全是因為有你。」

素貞聽乾媽這樣講，更是惶恐萬分，「咚」的一聲跪在乾爹乾媽面前，含著淚說：「媽，您老人家這樣說，我怎麼受得起。我今天的一切都是爸媽給的，沒有爸媽，我還在街頭流浪呢！」

素貞說罷，淚如雨下。

老太君躬身扶起素貞，對永祥、紫嫣說：「你倆也起來吧！」

於是，大家重新入席坐下。

這時，萬有財對素貞說：「乖女，我們相逢是上天賜予的緣分。今天，我們工廠風生水起，獨佔鰲頭，你有巨大的功勞。永祥、紫嫣一心致力於警務，今後，工廠就指望你發揚光大了。」

「大姐，父親講的極是，今後工廠的經營管理就拜托你了。」永祥說完，與紫嫣雙雙抱拳行禮。

「乖女，永祥、紫嫣還年輕，不懂事。將來有了孩子，麻煩的事會更多。你是大姐，今後替我多管管他倆。」

不等老太君講完，永祥、紫嫣一同說：「日後聽大姐吩咐！」

素貞聽乾爹乾媽及永祥、紫嫣這樣說，也不好推搪，覺得肩上擔子沉重，於是真誠地說：「爸媽放心，為了這個家，我一定竭盡全力，不辱使命。」

素貞沒有想到的是，萬有財和老太君這樣安排，卻另有原因。

萬有財和老太君都年近九十，那種心力交瘁、力不從心的感覺日益強烈。加上近幾年來，身體多病難癒，日趨衰弱，想來離大去之日不遠了。而與素貞這幾年的相處之中，見她心地善良，重情重義，武功超群，處事穩重，對他們兩老無比尊重，對永祥、紫嫣無比關心照顧，深信素貞一定能擔此重任。故兩老商定，作此安排，大有劉備臨終托孤之意。現在聽見素貞真心應允，也就老懷欣慰，放下了心頭大石。

此後，素貞主持萬氏製衣廠的大小事務，永祥、紫嫣則致力於警務，各司其職，各展所長，方方面面都正常運行，成績斐然。

萬有財和老太君雖然從此不管公事，且有素貞、永祥、紫嫣在生活上的悉心照料，但身體狀況卻日趨惡化，三天兩頭便上醫院看醫生，後來兩人更一起長期住在醫院的一間大的專護病房裡，方便醫生及時救治。

這時，永祥和紫嫣已經有了兩個男孩子，哥哥五歲，叫楊宏，弟弟三歲，叫楊偉。八歲的天恩、天惠放學了就帶著宏宏和偉偉去醫院看望外公（爺爺）和外婆（奶奶）。四個孩子輪流唱歌給兩位老人聽，跳舞給兩位老人看，逗得兩老開心得時常忘了喝水吃飯，要不是護士提醒，甚至忘了吃藥。

對於萬有財和楊金鳳這兩位身體極度衰弱的古稀老人來講，這種天倫之樂讓他倆感到無比幸福。然而，這種幸福卻不能永遠陪伴他倆。一年之後，萬有財和楊金鳳相繼離開了人世。素貞、永祥、紫嫣悲痛萬分，為兩位老人戴孝三年。

　　工廠靠近海邊有一塊空地，面積近三萬平方米，素貞買了下來，用於工廠擴建，如擴建廠房，興建員工宿舍、工人俱樂部等。餘下不足一萬平方米就修建成一個小型跑馬場，便於工人們下班後進行各種運動和體育競賽。素貞、永祥和紫嫣也定期下場操練騎術，演練武功。四個孩子更是天天必到，由素貞、永祥、紫嫣擔任教官，輪流給孩子們教授武功，監督其勤奮練習，以強壯身體，將來順利接班，繼承家業。四個孩子雖然年少，但勤奮刻苦，練起功來，一招一式，認認真真，似模似樣。

　　一年後，素貞又在葵涌和觀塘海邊各購買了一萬平方米的土地，用於興建倉庫和新廠房。

　　隨著工廠規模不斷擴大，工廠業務蒸蒸日上，小青和大葵通過在基層的長期磨練，都已晉升為經理。小青主管工廠內部事務，如人事、財務等；大葵則主管工廠對外事務，如合約、生產、運輸等。兩兄妹成為了素貞的得力助手。

　　一天，大葵來到總經理辦公室向素貞請示，說：「總經理，有一位叫陳老闆的客人要訂製三萬套灰色軍裝，

他們自己負責運輸，我們接不接？」

「大葵，我們做生意，只要是製衣，不管是什麼顏色尺碼，也不管是什麼來路去處，來者都是客。知道嗎？」

「是，記住了，總經理！」大葵心中踏實了，應了一聲，轉身就去和陳老闆簽了合同。此後，陳老闆不僅來工廠訂做衣褲，還訂做棉被、鞋襪，每筆生意都是按時付清貨款，不差一分一毫。

三年後的一天，小青來找素貞，說：「姐，陳老闆很久沒來了，他那筆貨款……」

「沒有收到，是吧？行了，就當壞賬銷掉吧。」素貞輕描淡寫地回答，像是早已料到的一樣。

五年後的一天，表弟錦鴻親自給素貞送來了一筆款項，說是為陳老闆轉交的貨款。素貞讚嘆說：「錦鴻，這麼講信用的客人也被我遇到了，看來，我還有些運氣。」說完，和錦鴻一起笑了起來。

晚上，素貞在工廠設家宴，款待錦鴻表弟。永祥、紫嫣帶著念中學的宏宏和偉偉也回來看望。天恩、天惠不在家，因為已去了外國讀大學。

飯後，大家品嚐剛從內地送來的龍井新茶，只覺得清

新淡雅，齒頰留香，齊讚：「好茶！好茶！」這時，錦鴻對素貞說：「當年仙石把莊契給了岳父岳母……表姐，你看我這嘴，又講錯話了。」

「無妨，表弟儘管說。」素貞聽到仙石兩個字，心中一痛，但仍裝作若無其事，平靜地說。

「好。表姐，你的父母和家旺、家瑛在白氏山莊住得很好，家旺、家瑛已按你的吩咐，將多餘的房間用來安置孤兒和讓無家可歸的老人居住，並成立了『扶孤護老愛心基金會』，家旺和家瑛擔任正副會長。他倆商量，要面向全社會，通過募捐、投資，不斷壯大基金，爭取收養更多孤苦無依的孤兒和老人。還有，麗麗和小明，聯同黑仔、大寶、大力、小兵、細娃在各漁村組織起了『漁民合作社』，運用你提供的資金，幫助貧苦漁民修船添網，從而大大增加了捕獲量，改善了漁民生活。大家都稱讚你，說：「虎妞賢能仁德，真是虎虎生威，造福百姓！」

「我哪裡有這麼好，只是儘一點微薄的力量，表達一點助人的心意而已。」素貞笑了笑，謙虛地說。

「大姐，你這樣為貧苦大眾著想，樂善好施，將來一定會有好報的。」永祥握著紫嫣的手說完，轉頭教導宏宏和偉偉說：「宏兒，偉兒，你倆要好好學習，發奮圖強，

長大了要像姑姑那樣為社會作出貢獻。記住了嗎？」

「父親母親，孩兒記住了！」宏宏和偉偉一起高聲回答。

「啊，還有一件事，差點忘記了。家旺、家瑛要我告訴你，他倆每年都會去山上給踏雪獻花，要你放心。」錦鴻說。

「好，謝謝！」素貞說。

這時，紫嫣問錦鴻，說：「父親，祖父祖母和叔叔伯伯現在可好？」

「你祖父祖母很好，叔叔伯伯都好。噢，表姐……」錦鴻見素貞望向自己，知道她急著想知道五嶺山的情況，於是接著說：「玉瓊、玉清現在武功超群，是名震五嶺的大俠。哎呀，你看，還有天大的喜事都忘記講了。你們聽清楚哦，五年前，玉瓊嫁給了我三弟錦江，之後第二年，玉清娶了碧玉的二姐碧英為妻。現在兩家人一起住在土峰，每月都會去祭拜你師父。總之，大家都很好，表姐，你就放心吧。」

「好！好！好！」素貞連聲說好，接著對錦鴻說：「表弟，拜托你一件事，好嗎？」

「好，表姐請說。」

「我托你帶點錢給玉瓊玉清，讓他倆聯同王、馬、張、趙四家成立一間森林管理公司，向政府申請五嶺山的管理權，最好還能申請到開發權。這樣就能更好地保護森林生態，更有效地利用森林資源。所謂靠山吃山，靠水吃水，你們四家祖祖輩輩在五嶺山生活，五嶺山就是你們的命脈，你們有責任把五嶺山建設得更美好。如果缺乏資金，我和永祥、紫嫣可以幫忙。」素貞說完，轉頭徵求永祥和紫嫣的意見。

永祥真誠地說：「父親母親把工廠交給大姐經營管理，一切大小事務完全由大姐全權處理吧。」

「小弟，你這樣講，大姐可要生氣了。你要記住，萬氏製衣廠是爸媽一手辛苦創建的，永遠是你們楊家的，你怎麼可以不管呢！」

紫嫣見師父生氣，連忙走到她身後，一邊給她兩肩按摩，一邊細聲解釋，說：「師父，請您不要生氣。您都知道，永祥自小只對練武感興趣，一聽爸媽說起做生意就頭痛，您就別為難他了。加上我倆為政府工作，不能與現時的職務有利益衝突，還請師父辛苦些，多多操勞。」

永祥聽了紫嫣的解釋，看見大姐臉上慍色有所緩和，小時候的調皮勁又上來了，笑著對大姐說：「是呀，大姐，

大俠，好不容易你幫我升了個總警司，我可捨不得還給政府。」

「小弟，就你話多！」素貞終於笑了，說：「你不管也要管，罰你以後每個月最少一次，和紫嫣帶宏宏、偉偉回來陪姐姐吃飯！」

「Yes, Madam ！」永祥大聲用英語應承，並起立向大姐舉手敬禮，惹得大家都笑了起來。

待大家安靜下來後，素貞說：「永祥、紫嫣，我知道你們工作忙，空餘時間少，這樣吧，我在你們住的淺水灣再買一塊地建造一棟海邊別墅，待你倆每月休假時，我們一起駕遊艇出海吹吹海風，紓緩紓緩工作壓力。」

「好！好！可以出海玩了！」還沒等永祥、紫嫣說「好」，宏宏和偉偉已經興奮得跳了起來。

這時，錦鴻說：「表姐，你講的那件事很重要，事不宜遲，我立刻回家安排一下，親自去內地，到五嶺山與大家仔細商討，一有結果，馬上回來告訴你。」

「好的，辛苦表弟了。」

不久，錦鴻就帶來了好消息：金山、木山、水山、火山、土山之上的五家組成五嶺聯盟，成立了「五嶺聯盟森林管

理有限公司」，由素貞統一領導。該公司運作半年以後，獲當地政府批准，取得了五嶺山森林的監護和經營管理權。

近十年來，五嶺山地區的林木被亂砍亂伐，有人甚至毀林造田，以致造成水土嚴重流失，空氣混濁燥熱。而深山密林中之珍禽異獸，也被亂捕亂殺，一些世界級稀有動物瀕臨絕種。

五嶺聯盟森林管理有限公司成立後，帶動山民大力植樹造林，森林覆蓋率由 50% 增加到 95%。公司還與山中各家各戶訂立了環保條約，不僅護林護獸，而且大量種植各種果樹。每到收穫的季節，公司定點定時收購銷售，幫助山民增加收入。很快，五嶺山就活躍起來了，興旺起來了，富裕起來了，五嶺聯盟森林管理有限公司也日益壯大起來了。

# 8

　　許素貞雖然日理萬機，但仍不忘懲惡懲奸、保境安民的初衷，堅持每晚子夜四出巡視。一夜，海關大樓上的巨鐘剛敲響十二點，素貞在臨海高樓上突然發現有兩個蒙面黑衣人追趕一個男人。那個男人雖然有些輕功，走得也快，但無奈黑衣人窮追不捨，看著就要追上了。那個男人也算機智，情急之下，突然折身轉入一條街巷，想要躲避追殺。

　　那兩個蒙面黑衣人停了下來，商量了一下，其中一人飛身騰上屋頂向巷尾掠去，另一人則不緊不慢追住那個男人不放。看樣子，是想來個前後夾擊。

　　那個男人很快就有危險。素貞見情勢不妙，不敢怠慢，箭一般往那巷尾隱去。

　　那男人跑到巷尾，見巷口已被一黑衣人堵住，身後的黑衣人則步步緊逼，想來今天必有一場惡戰，而且一定凶多吉少。但是，他仍然沉靜地說：「兩位朋友，我與你倆往日無冤，近日無仇，為何如此緊逼，欲置我於死地？」

　　「受人錢財，替人消災！廢話少說，拿命來！」黑衣人話音未落，一起出招。前面的黑衣人使出一招五鬼奪魂，五指如鈎，直向那個男人的面門抓去；後面的黑衣人一招

靈蛇出洞，一劍直取那個男人的背膛心。兩招皆迅如閃電，陰毒狠辣。看來，那個男人必定萬難閃避，瞬息間就會死於非命。

就在指鈎離那男人面門一寸、劍尖離那男人背膛心一寸的時刻，兩個蒙面黑衣人卻雙雙倒地。一個仰面後倒，一個耷頭撲地，都渾身亂抖，痛苦不堪。

那個男人站在原地，一動不動，被眼前的情形驚呆了。

「覃一平，怎麼是你？」

聽到許素貞的呼喚聲，覃一平如夢方醒。看見站在眼前的許素貞，覃一平驚喜萬分，激動得一時說不出話來，只知道一味地傻笑。

「素貞，真的是你！是你救了我的命！」覃一平很快清醒過來，無比感激地說。

這時，那兩個蒙面黑衣人穴位自解，一起跪在地上，戰戰兢兢地向素貞求饒。

「鳳俠，請高抬貴手，饒小人一命！」

「你倆聽著，練武之人，理應除暴安良。你倆以這等

惡毒武功，幹傷天害理之事，遲早惡有惡報。念你倆練武不易，今天暫且放過。望你倆今後多行善舉，將功補過。否則⋯⋯」

「否則，不勞鳳俠動手，我倆自廢武功。」

「好，算你倆還有點良心。去吧！」

兩個黑衣人轉身走了幾步，又回來說：「有人為了爭奪那塊土地，不擇手段，請這位先生日後小心為上。」

「知道了，謝謝！」一平目送兩個黑衣人離開後，又對素貞說：「此人是汪老闆，他為達目的會不擇手段。」

素貞笑笑，對一平說：「等會我去給汪老闆提個醒兒。一平，你快回去休息，明早到悅來酒樓飲茶，好嗎？」

「好，你也要小心點！」一平關心地說。

「我會的。」素貞說完，很快消失在黑暗之中。

汪老闆早上起床，在臥室桌子上，看見紫砂茶壺壓著一張字條，寫著「生意上理應公平競爭，若行歪道，絕不輕饒。」落款是「鳳俠」。

看到「鳳俠」兩個字，汪老闆手腳哆嗦起來。他明白，自己的惡行已被這位讓賊人聞風喪膽的飛俠知道了，若再

不收手，不僅會身敗名裂，再也無法在商場上立足，而且還會受到嚴厲的懲治。想到這裡，不禁心驚膽顫，不寒而慄。於是匆匆梳洗，準備了一份厚禮，去覃一平老闆府上賠禮道歉，懇求寬恕。

但是，第一天汪老闆就吃了閉門羹，第二天還是吃了閉門羹。第三天，汪老闆從日出等到日落，才看見覃老闆坐著小轎車回來。他迎了上去，奉上厚禮，點頭哈腰，說盡好話，懇求覃老闆寬恕。

覃一平見好就收，叫傭人收下禮物，說：「汪老闆，進去喝杯茶吧！」

「覃老闆，我就不打擾了，謝謝！謝謝！」汪老闆躬身抱拳，低頭連道「謝謝」，轉身灰溜溜地走了。

素貞和一平相約在悅來酒樓的包廂裡飲茶，倆人久別重逢，都有很多話要講要問，但是，一時都不知從何說起。還是一平先開口，他關切地問：「素貞，你還好嗎？仙石還好嗎？」

素貞聽一平問起仙石，頓時勾起傷心之事，不覺悲從中來。看到素貞一臉淒楚，眼內淚光閃閃，一平心慌起來，連忙道歉，說：「素貞，你怎麼了？我講錯話了，對不起！對不起！」

「沒什麼，沒什麼，不是你的問題。」素貞低聲說。

素貞沉靜了一會兒，噙著淚，把師父去世、白家遭難、苦海偷渡、結緣乾媽等等情況都詳細地告訴了一平。

「既然遍尋不果，說明仙石有可能仍在生。素貞，希望尚在人間，你要更堅強。我一定會派人四處打聽仙石的下落，陪你等下去。」一平安慰素貞說。

素貞見到了一平，覺得更有信心和力量，說：「好，我們一起尋找仙石，等待仙石歸來！」

一平接著把自己離開白氏山莊後的情況，一五一十地告訴了素貞。原來一平與仙石素貞分別後，隨父母漂洋過海，去到馬來西亞，跟著父親學做生意。不久與父親好朋友的女兒結了婚，育有一兒一女，兒子覃子俊，今年二十三，大天恩兩歲；女兒覃子儀，今年十九歲，小天惠兩歲。他倆都在外國讀大學。

一平停了停，又說：「後來，父親母親先後去世，我和太太舉家搬來香港，成立了東方開發有限公司，專攻地產。不幸的是，三年前，一起生活了二十餘年的太太也離我仙去……」

看到一平越說越難過，素貞馬上出言安慰，說：「一平，人死不能復生，你也要堅強。現在兩個孩子需要你照看，

公司靠你獨自打理，你任重道遠呀！」

素貞、一平兩個人同病相憐，互相鼓勵，互相關心，雙方都覺得增添了不少精神力量。

一平因為在香港打滾多年，對香港經濟的情勢和工業的走勢都了解得比較清楚。這天，他和素貞在酒樓飲茶時，又談及香港製衣業的現況和前景。一平說：「香港製衣業起源於二、三十年代，發展於四、五十年代，由於內地大量人才、資金南來香港，加之歐美等外國市場的開放，促使製衣業發展蓬勃，成為了香港經濟的重要命脈。估計直到八十年代都應該是製衣業的黃金時期。但是，由於多種因素限制，必將慢慢衰退下去。素貞，你有沒有發現，有很多製衣廠都搬到越南或內地去了。」

「有呀！我在內地亦有設廠生產，那裡的土地、工資、物料等等都比香港便宜。不過，這也說明一個問題，就是在香港生產的難度愈來愈高。」素貞頗有感觸地說。

「這就是香港製衣業式微的先兆。」一平肯定地說。

「一平，你說，今後在香港做什麼較好？」

「地產，服務業。」一平脫口而出。

「做你那一行？」

「是的。」一平胸有成竹。

「容我好好想想。」

「好的。你確實需要通盤考慮，全面布局。」一平理解素貞，終究牽一發而動全身，這不是一件簡單的事情。

「嗳，通盤考慮，全面布局。你這句話講得好。」素貞稱讚說，腦海裡似乎閃過了一道亮光。

**9**

　　五年後的一天，素貞與一平飲完茶，回到工廠。在她的辦公桌上，擺著一封電報，打開一看，是天恩從美國哈佛大學拍來的，說是與英國劍橋大學的妹妹約好，明天一起回香港，還說回來要給母親一個驚喜。

　　突然接到子女要回來的電報已經是個驚喜了，還會有什麼更大的驚喜呢？素貞猜想著，高興得徹夜難眠。

　　第二天，素貞早早就來到了香港啟德國際機場。離接機的時間還有一個多小時，她就站在出口處等候。突然，她發現一平站在出口的另一邊，就趕快招手叫他過來。一問，才知道他的兒女也是乘今天這架由英國飛往香港的 A1893 號班機回來。

　　A1893 號班機的旅客陸續走出來，但就是不見兩人各自的兒女。素貞、一平正在焦急等待的時候，只見從出口處湧出的旅客人流中，有四雙手高高舉起，不斷揮動。兩人定睛一看，正是天恩、子儀和子俊、天惠。

　　「奇怪，怎麼這四個孩子一對一對結伴而行呢？」素貞、一平兩人心裡同時直犯嘀咕。但又同時舉起雙手，不斷揮動，意思是向孩子們說：「喂，我在這兒呢！」

在接機大堂，孩子們分別和自己久別的父親、母親熱烈擁抱，親切問候。大家一陣噓寒問暖之後，天恩拉著子儀的手，子俊拉著天惠的手，笑嘻嘻地分別向素貞和一平說：「媽媽，她叫覃子儀，是您的兒媳婦，請您祝福我們吧！」「爸爸，她叫白天惠，是您的兒媳婦，請您祝福我們吧！」

月老這紅線牽得，簡直太神奇了！一平的女兒子儀成了素貞的兒媳婦，一平的兒子子俊成了素貞的東床快婿；同樣，素貞的女兒天惠成了一平的兒媳婦，素貞的兒子天恩成了一平的東床快婿。

素貞驚喜萬分，高興得幾乎流下淚來，她樂呵呵地連聲說：「好！好！好！媽媽祝福你們！媽媽祝福你們！」

素貞轉過頭，也連聲對子俊和天惠說：「好！好！好！媽媽祝福你們！媽媽祝福你們！」

一平此時，高興得熱淚滿面，說不出話來，好一陣子，才嗆住淚說：「爸爸祝福你們兩對新人，願你們生活美滿，早生貴子，夫妻和諧，攜手白頭。」

天恩、子儀、子俊、天惠齊聲說：「多謝媽媽祝福！多謝爸爸祝福！」

離開了機場，一平帶著子俊、天惠回中環半山覃家豪

宅，素貞則帶著天恩和子儀回淺水灣別墅。臨別前，天恩與子俊、天惠約定，明天齊聚淺水灣，去探望舅舅楊永祥和舅媽王紫嫣。

第二天，覃一平帶著子俊和天惠，早早就開車來到了素貞的別墅。

素貞的這棟別墅占地約 5,000 平米，主樓居中，左邊是廚房飯廳，右是泳池澡堂，花木園林在主樓之後，占地約 3,000 平米，林中有練武場與室內運動場。主樓前的迎賓室左右是車房，離主樓 36 米，離別墅大門 32 米。

別墅主樓第一層是會客大廳，約 150 平米，廳兩邊各有一間客房，約 120 平米。扶手電梯安裝在主樓兩邊，經第二、第三層平台直上天台。

第二層有兩大間套房，每間套房前都有約 10 平米的大露台，可以眺望無際的大海。這兩間套房，是給天恩、天惠準備的。

第三層也有兩間房，一間是素貞的睡房，另一間則分為兩室，乃藏書室與會議室。

整個主樓的裝修並不十分豪華，卻很美觀實用。

永祥與紫嫣一家的別墅離素貞家不遠，駕車約五分

鐘就到了。永祥、紫嫣帶著宏宏和偉偉在大門迎接，一大家子人熱熱鬧鬧地走進了客廳。

永祥把素貞讓到上座，說：「大姐，你最大，請上座！」

素貞也不忸怩，大大方方地坐下，說：「小弟，你是主人，坐在姐姐旁邊。」

永祥看了看覃一平，說：「一平兄，我遵大姐之令，在此落坐，望見諒！」

一平也是豪爽之人，笑著說：「我今天是來拜賢弟這個大碼頭的，若不嫌棄，隨便賜個坐位就行了。」

這頗富綠林江湖口吻的一句話，惹得大家都笑了起來。素貞說：「一平，你是我師兄，又是親家老爺，誰敢怠慢你。」說完，吩咐天恩：「天恩，還不快扶你岳父大人坐在這裡。」素貞邊說邊指了指排頭那張椅子。又對紫嫣說：「紫嫣，到你們家了，你快作主安排孩子們坐下吧。」

「是，師父！」紫嫣應著，立即照辦，並招呼傭人給各人奉上香茗。

此時，天恩拉著子儀，天惠拉著子俊，一起畢恭畢敬地站在永祥、紫嫣面前請安：「外甥天恩給舅父、舅母請安！」

「外甥媳婦子儀給舅父、舅母請安！」

「外甥女天惠給舅父、舅母請安！」

「外甥女婿子俊給舅父、舅母請安！」

「好！好！都乖！都乖！」永祥和紫嫣一邊高興地應著，一邊由紫嫣給了每人一個大的紅包。

宏宏和偉偉也上前恭恭敬敬地給素貞姑媽和一平伯伯請安，每人都得到了兩個大的紅包。

永祥對宏宏和偉偉說：「哥哥、姐姐第一次來這裡，你倆帶他們四處走走、看看吧。」

天恩他們四個人裡，子儀最小，今年二十四歲，而偉偉的哥哥宏宏才二十三歲，所以永祥讓兩個孩子叫天恩他們為哥哥姐姐。

六個人都是二十幾歲的年輕人，但是，仍然懷有天真爛漫的童心。聽了永祥的話，歡喜跳躍，相挽著一起開開心心地跑了出去。

第二天一早，素貞帶領大家乘遊艇出海遊玩。這艘遊艇很長很寬，裝潢素雅，設備齊全，全身一片雪白。

小青、大葵也應邀前來，一眾十二人走進船艙，那感覺，就像在別墅大廳裡那樣，明亮寬敞。待大家立好坐定，素貞在駕駛室啟動引擎，慢慢駛出港灣船塢，進入大海。遊艇加速，加速，再加速，只見船頭的鐵棱劈開碧波，掀起兩面巨大雪白的浪扇，向遊艇兩邊展開，然後嘩嘩地灑落，水珠飛濺，在旭日的映照下，宛如千萬顆閃亮的珍珠。

　　遊艇在廣闊的、藍湛湛的海面上高速航行，清新的晨風，把站在船頭弦邊天恩夫婦的風衣吹得向後獵獵飄揚。艇後，幾隻海鷗在撒落的浪花處此起彼落，也許是聞到了大海中魚的香味。

　　天恩望著在遙遠的海平面上，那冉冉升起的一輪紅日和漫天的彩霞，讚不絕口。他情深款款地對子儀說：「子儀，我一定會努力，把我們的未來創造得像錦繡般美好，永遠給你幸福美滿的生活。」

　　「好，我相信你！讓我倆攜手共同打造一個只屬於我們的嶄新世界。」

　　兩人心心相印，志趣相投，對美好前程充滿了憧憬，情不自禁地緊緊擁抱著彼此，熱烈親吻，不管那海風吹亂了香髮，也不理那浪花濺濕了羅裳。

素貞在駕駛室看見此情此景，既為兒子媳婦高興，又不免暗自傷懷。心想，若是仙石在這裡就好了，但他……想著想著，不禁落下淚來。

　　小青連忙讓大葵駕艇，自己走到素貞身邊，輕輕按摩她的雙肩，關切地說：「姐姐，姐夫一定知道你的辛苦和思念，他一定會回來與你們團聚的。」

　　「我知道！」素貞拉著小青的手，讓她坐在自己身邊，又說：「小青妹妹，感謝你這麼多年的殷勤陪伴。有你真好！」

　　「姐姐，我是你妹妹，為你做點事是理所當然的。你就不要誇我了，怪難為情的。」

　　「好。」素貞若有所思，又對小青說：「我昨天要天恩主持我們新公司的工作，他拒絕了……」

　　「為什麼？」沒等素貞講完，小青著急地問。

　　「他和子儀都是研究天體力學的專家，據說還設計出了什麼宇宙飛行器，解決了星際飛行的一大難題。現在已被聘任為美國一家叫天宮宇宙飛行研究所的正、副經理，不久就要走馬上任。所以，依你看，新公司由誰來主持較合適？」

「真是太可惜了。其他人嘛，思來想去，永祥哥和紫嫣不能沾手生意，宏宏、偉偉又太年輕，而且還在讀書，我看，只有天惠最合適。不過暫時還需要姐姐帶一帶再放手，這樣較為穩妥。」

「小青，你真是知無不言，言無不盡，把心裡話都掏出來了，很好！」

這時，遊艇快要駛入公海，素貞叫大葵停下船，拋下鐵錨。時近午時，豔陽高照，海風呼呼，眾人都走上了甲板，眺望著碧波萬里的無邊大海，儘情地享受日光浴。年輕人游泳的游泳，滑浪的滑浪，儘展水上功夫。玩累了，便上船沖洗乾淨，半躺在白色的靠椅上，慢慢品嚐一杯甜美的香茶、鮮奶或果汁。此時，所有的煩惱和壓力都煙消雲散了，只覺得心曠而神怡。

午餐後返航，眾人在素貞的別墅稍作休息，共進晚餐之後，由素貞主持，召開了家庭擴大會議。

別墅主樓第三層的小型會議廳上首的牆壁，掛著一幅巨大的山水國畫，兩邊牆壁各掛著三張條幅，除了會議桌和靠背椅，沒有其他擺設。天花頂懸掛著的大型水晶燈，把會議廳照得如同白晝。整個佈局簡潔明亮，大方得體。

素貞坐在會議桌上首，六個孩子由天恩領頭坐一邊，另一邊五人由永祥領頭坐。

會上，大家討論了當前局勢和經濟走向，對今後工廠生產和發展方向充分發表了各自的意見。最後由素貞作總結。

其實，素貞為了這個總結發言，向在座各位及業界知名人士，早已作過充分的諮詢。她鄭重地說：「鑑於我們工廠的現狀和香港經濟的發展形勢，我決定成立『華揚集團有限公司』，公司下設三區，即香港區、內地區和海外區。工廠原有的六部，即生產部、會計部、人事部、公關部、金融部和福利部，都按這三區安排人手，既要做到專管專用，又要做到有機配合。」

素貞停了停又說：「內地區由大葵負責，香港區由小青負責，國際區由天惠負責，楊宏、楊偉大學畢業後再另行安排。另外，天惠除了主持國際區的工作外，兼任我的私人秘書。至於家族的股權分配，天恩、天惠、楊宏、楊偉各佔 10%，其餘 60%，暫由我、永祥各掌管 30%，以後再平均分配給這四個孩子。希望大家攜手合作，刻苦勤奮，把楊氏家業發揚光大。」

「大姐，你前面講的樣樣都好，就是剛剛說的給我 30% 的公司股權我不能收，絕對不能收！」永祥說。

「為什麼？你掌握這些股權是理所當然、天經地義的！」一平驚訝地問。

「是這樣的，永祥和我都是政府高級警務人員，領取政府俸祿，不可同時擁有私營公司的股份。就是以後退休了，也要『過冷河』後才能在私營公司任職。」紫嫣望了永祥一眼，又說：「我們一家如今住在別墅，要不是警署上下都知道我們有位開工廠又有億萬資產的大姐，早就遭人彈劾，捲鋪蓋走人了。」

「誰敢彈劾你們兩位大人呀！誰不知道你們是總警司、總督察，又是『八十萬禁軍』的男女總教頭！」一平向永祥、紫嫣開玩笑，略帶幽默地說，惹得大家都笑了起來。

「怎麼舅舅、舅母成了《水滸》中的林沖了？」天恩問。

這時，小青忍不住開口，說：「永祥哥與紫嫣姐因武藝超群，思慮慎密，屢破兇險奇案，被社會各界尊為『鴛鴦雙俠』。不僅在香港家喻戶曉，人儘皆知，而且因為保護環球小姐一事而揚威海外。香港政府為了提高警隊的武術素質，由警務處處長提名，保安局局長批准，任命他們二人為香港警隊的武術男女總教官。兩位可謂『三總』集於一身。」

下部　都市行

191

「總警司、總教官；總督察、總教官。欸，不是只有兩總嗎？」最小的偉偉好奇地問。

「還有一總就是，他倆都是你們家的總指揮！」小青的回答既風趣又幽默，惹起哄堂大笑。

「這一笑，大家已經放鬆了吧。好了，既然永祥暫時不能持股，那就由我暫時代管，他日再另行分配。」素貞說完，又吩咐天惠說：「天惠，馬上用大哥大（最早期的無線手提電話）通知各部經理，明天周一提前一小時上班，由你利用半小時向他們傳達公司這一項新的安排，半小時給各部經理分派人手。九點上班後，公司員工全部按新安排辦公。」

「好的媽媽，我立即通知。」天惠應道。

素貞講完，詢問永祥等人的意見，大家的意見一致，就是：「極好！」

素貞特地對大葵說：「大葵，公司內地業務就交給你了，要你香港、內地兩邊跑，辛苦了。」

「不辛苦，不辛苦！董事長把這麼重要的任務交給我，是對我極大的信任。我一定竭盡全力，出色地完成任務。」大葵激動地說。

「好樣的，大葵。噢，錦鴻對內地情形比較熟悉，你去向他了解了解，或許會有些幫助。」素貞提醒大葵說。

「是，董事長！我明天就去拜訪他。」大葵回答素貞後，立即開車回家作準備。素貞把他送出大門口。

因為天惠明早要提前去公司開會，是以子俊開車，連夜把她和父親送回了中環半山豪宅。

## 10

多年來，覃一平唯一放不下的是他對素貞的愛。這次與素貞在香港重逢之後，也想過再一次向素貞表白。但是，看見素貞對仙石的愛無比堅貞，幾次話到嘴邊，都沒有勇氣說出口。只好把這份對素貞的愛收藏在心底最深處。

覃一平除打理公司業務外，只有一個嗜好，就是買賣股票。從一九八九年到一九九七年，香港股票只升不跌，有時跌一跌，過不了兩天，又升上去，還比跌前升得更多。凡是買股票的，沒有一個不賺錢的。覃一平手頭上有些現金，又將公司作抵押，向銀行貸款。他用這些錢買賣股票，幾年來賺了不少錢，有時候甚至比公司做地產生意所賺的錢還要多。可能是因為這個原因，也可能是因為喪妻失愛的痛苦，他用無休止的工作和寄情股票買賣來麻痺自己，企圖從中得到一分寧靜和快樂。

子俊回來之後，他把公司全權交給子俊打理，自己就全力和股票打交道，企圖和以前一樣，賺取比公司每年利潤更多的金錢。

素貞自從成立華揚集團有限公司之後，身先士卒，

辛勤奮鬥。不出半年，各種工作完全走上正軌，尤其是以前較薄弱的地產生意得以重視和加強，成績令人欣喜。素貞親自帶領地產團隊在全港大力徵收土地，不僅利用公司的土地建造樓房出售，還參與政府土地開發的競投。不到五年，公司賣樓收入淨值已達二百億港元，佔公司總利潤的 38.5%。對於股票市場，素貞認為當前過於熾熱，不宜貿然入市，但亦有指定專人研究，伺機而動。

素貞和以前一樣，把公司收益的三分之一撥入扶孤護老愛心基金和漁民合作社，用於擴建房舍，提高當地居民生活質素，以收容更多無依無靠的孤兒老人，幫助更多貧窮的漁民，讓他們吃得好，住得好，還能享受文娛體育活動和讀書識字的樂趣。

素貞又把公司收益的另外三分之一撥入公司福利部，積極參與香港各團體的公益活動，為賑災、支援貧窮山區建立中小學校、支援無國界醫生，以及支援非洲貧困兒童領養計劃等，奉獻力所能及的力量。

剩餘的三分之一，就用於公司日常運作和作為儲備資金。

過去，素貞日夜為工廠操勞，新公司成立後，事務更加繁重。兩年來，素貞為新公司打拼，沒有一個晚上能睡

滿兩個小時。小青有空就會來看望素貞，督促她吃飯，督促她睡覺。但是，素貞總是強調自己武功根基雄厚，身體健康，不會生病。然而，她這樣長期夜以繼日地苦幹，就是鐵打的身體也會消耗殆盡。

這天早上，小青又來看望素貞，發現她暈倒在辦公桌前。小青趕忙致電「999」，緊急召來救護車，把她送進醫院。經醫生診斷，為心律不穩，神經衰弱，營養不良，體質驟退，需要長期住院療養。

一平知道素貞由救護車送進了醫院，馬上趕了過來，向醫生了解情況。他讓小青照看素貞，自己馬上回家燉了人參烏雞湯，又風風火火地趕回醫院。正好素貞醒來，他立即盛了一碗熱騰騰的雞湯，餵給素貞喝，喝完之後，讓她躺下休息。

「素貞，剛才永祥和紫嫣都來看你，見你睡著了，不敢吵醒你，說明天再來。天惠在美國公幹，聽到你生病住院的消息，說一定要在明天坐飛機趕回來。小青送你來醫院後，我要她回去暫時打理公司，直到天惠回來。一切都好，你就安心休養吧。」

素貞吃了藥，喝了一碗人參雞湯，又有了一點點底氣，低聲說：「一平，謝謝你！幸好你在這裡。」

「好了，不要講話，好好休息。」一平關切地囑咐。

素貞在醫院住了一個星期，就轉到家裡靜養。兩個月來，一平都陪伴左右，每天噓寒問暖，關懷備至。

素貞的身體本來就沒有什麼嚴重疾病，只是因為長期辛勤操勞，心力消耗殆儘而不支倒地。經過這段時間的休息滋補，已大致恢復，不能說是龍精虎猛，也可以說是精力充沛了。對一平連月來的悉心照料，她心存感激，也明白一平的心意。只是仙石在她心目中的地位永遠不可取代，所以當一平再次表示「要照顧你一生」的時候，她又再一次婉言拒絕了。

至於一平，他將自己對素貞的愛再一次藏在心底最深處，還是和以前一樣對素貞無微不至地關懷。

「一平，我想趁現在休息，去內地走走，可以和我一起去嗎？」素貞問一平。

「這是我的榮幸呀！自當全程陪伴你左右。」一平喜笑顏開，滿口答應。

第二天，由大葵開車，經羅湖口岸直向白氏山莊而去。

這是素貞第五次回去。第一次是慶賀漁村合作社和扶孤護老愛心基金會的成立；第二、三次是因母親、父親離世；

第四次是慶賀五嶺聯盟森林管理有限公司成立。時隔多年，漁民合作社、愛心基金會和五嶺聯盟公司都有了日新月異的變化。在素貞心裡，這次回去，與其說視察，不如說是參觀更為貼切。

漁村合作社的辦公大樓張燈結彩，兩丈長的鞭炮掛在高高的旗桿下方，一直貼在地上。大樓前的廣場兩邊各擺放著十個銃炮，還安排了兩隊鼓樂手，只等素貞到來，便即刻鳴炮奏樂。

漁村的大人小孩聽說「虎妞」要回來，都歡喜雀躍，紛紛扶老攜幼趕到漁民合作社辦公大樓迎接。

素貞的座駕一到，頓時鞭炮齊響，鑼鼓齊鳴，銃炮衝天，歡聲四起。素貞在一平、大葵的陪同下，踏著紅地毯向前走，受到了數百漁民熱烈地夾道歡迎。這時，麗麗、小明、黑仔、大力、細娃等素貞兒時的朋友、現今漁民合作社的領頭人快步迎上前來，一邊說「熱烈歡迎」，一邊逐一與素貞親切握手。

在寬敞明亮的迎賓廳裡，素貞認真地聆聽伙伴們講述漁民生產和生活的情況，然後滿懷信心地說：「朋友們，讓我們共同努力，儘快普及漁民生產機械化，爭取早日實現自動化。同時大力提高漁民生活水平，走向共同富裕的道路，早日達到小康水平。」

話音剛落，全場報以熱烈的掌聲。

午宴後，素貞在麗麗、小明等人的陪同下參觀了漁民新村，還親自駕駛一艘嶄新的機動漁船在漁港裡巡視了一遍。她在海上回望港灣上的新漁村，一幢幢，一排排，全是兩三層高一色紅磚紅瓦的樓房。到了晚上，萬家燈火，有如光的海洋，隨著海灣蜿蜒曲折，從海邊向內一直延伸過去，看不到儘頭。素貞讚不絕口，說：「好美的漁村啊！」

第二天，素貞婉言謝絕了眾人多番的熱情挽留，依依不捨地離開了漁民新村。

去白氏山莊一定要經過踏雪長眠的小山崗。這小山崗早已不是過去荒涼的模樣，而是變成了一座遠近聞名的花果山。

原來，十年前，村民開始在山上栽種荔枝、龍眼等果樹，而且圍繞踏雪的墓地，設計建造了一個大花園，以紀念忠心護主的踏雪。

村民們沒有料到，踏雪忠心護主這個美麗而動人的故事一傳十，十傳百，很快就宣揚開去，成為家喻戶曉、津津樂道的佳話。打那以後，慕名前來參觀的遊客紛沓而至，絡繹不絕。

素貞站在山崗上，想起那無憂無慮、天真爛漫的童年，

想起和踏雪一起的日日夜夜，唏噓之餘，也有說不出的愉悅。

素貞轉過身來，眺望白氏山莊，昔日的平房不見了，代之以五棟高樓大廈，全部座北朝南。

這時，大葵走過來對素貞和一平說：「中間那棟是辦公大樓，有二十三層高，其左、右兩棟各十八層。左邊住的是孤兒，右邊住的是老人。辦公大樓後面那兩棟各六層，左邊那棟是學校和圖書館，右邊那棟有大會堂、室內運動場和娛樂室等設施。」

「最後面是跑馬場吧？」一平問。

「是，跑馬場保留下來，作為晨操、集會之用。每年一次的學生運動會和老人運動會也在那裡舉行。」大葵回答。

素貞聽大葵如數家珍般的介紹，知道他在內地的工作下了很大功夫。素貞很是欣慰，開心地說：「大葵，你講得很好！我們過去看看吧。」

家旺夫婦和家瑛夫婦知道大姐一定在花果山上，為免打擾，就和愛心基金會的幾位經理早早地在山下等候。見素貞下來，家旺、家瑛趕快迎了上去，三雙手緊緊地、久久地握在一起。

愛心基金會的大門前，用松柏枝和各種鮮花建了一個大大的彩門，大紅地毯由彩門路口一直鋪到辦公大樓門口。家旺、家瑛等人把素貞、一平、大葵迎進大樓時，家瑛對素貞說：「大姐，我們這裡老人小孩多，所以沒有放鞭炮迎接，請你諒解呀！」

　　「當然不能影響老人小孩，大姐明白的，你不要擔心。」素貞愛惜地摸了摸家瑛的頭，笑著說。

　　素貞在會議大廳聽取了各位經理的工作匯報後，又去巡視了老人孩子的住房和學校，提出了一些改進建議。

　　晚上，愛心基金會的大禮堂張燈結彩，一片輝煌。素貞與數百名老人孩子濟濟一堂，高興地觀看由老人孩子自導自演的文娛節目。老演員小演員在台上載歌載舞，那精彩的表演贏得了一陣陣熱烈的掌聲。

　　第二天，素貞、一平、家旺夫婦和家瑛夫婦備齊祭品，一起去拜祭白員外、白大太太和許強、李倩，祈願四位先人在地下安息！

　　素貞泣別家旺、家瑛等人，與一平、大葵來到了土峰五嶺聯盟森林管理有限公司總部，由玉瓊、玉清帶領，首先就去拜祭師父，然後驅車來到五嶺機場指揮中心。

　　王、馬、張、趙四家的代表，錦山、馬鳴、張儒、碧

玉早已在大門口迎接，一起乘搭升降機進入機場指揮中心的控制塔。素貞放眼望去，只見停機坪上停放著十架大小不一的飛機。在兩條望不到頭的跑道上，兩架飛機各自在起飛降落。

這時，站在素貞身旁的碧玉說：「姐姐，五嶺機場是我們五嶺聯盟獲政府批准，自主建造的，現有運輸機五架、撒藥機五架、撒水機五架、大小客機五架，及偵察測繪機三架。我們不僅可以自行撒藥殺蟲，防止及捕滅山火，以保證樹木的茁壯生長和森林安全，還可以接送遊客，安排空中遊覽，讓他們從地面和空中全方位欣賞五嶺森林保護區的壯麗景象。」

「很好！很好！」素貞連聲誇獎，又問道：「關於飛機航行的調度管理有沒有和有關方面協商好？」

「表姐，我們與地區、省市、中央各級航空管理局都聯繫好了，並且備了案。有什麼情況可以隨時安排航線飛行，很方便。至於五嶺地區的偵測，撒藥、撒水等飛行安排則由我們自行處理，屆時向上級報備一下就行了。」錦山說完，指著馬鳴和張儒說：「你倆快給表姐講講國際航線的情況吧。」

馬鳴推了推張儒，說：「你口齒伶俐，快向董事長匯報吧。」

「兄弟姐妹之間不要客氣，隨便講，讓姐也學習學習。」素貞簡單的一句話，拉近了彼此之間的距離，消除了局促的情緒，大家的談話頓時變得輕鬆愉悅起來。張儒也不推托，大方地說：「我們五嶺機場面向全世界，不僅引入國外先進的護林環保技術和設備，還接送世界各地想來五嶺森林保護區參觀旅遊的客人。雖然繁忙些，但意義重大，經濟效益也不錯，大伙都幹得樂而忘返。」

「這話不假，張儒帶頭周六、周日堅守崗位不回家，是我把他押回去的！還好，他老婆深明大義，沒讓他跪搓衣板……」沒等馬鳴說完，已是滿塔笑聲。

「馬鳴做得好！今後替我多看著點，有獎！」素貞笑著對大家說。

「是，堂姐大人！」

「馬鳴，就知道貧嘴，你忘記了一件大事了吧！」碧玉提醒馬鳴。

馬鳴一拍腦袋，說：「堂姐，對不起啊！堂姐，這個消息保證你聽了今晚高興得睡不著覺。」

「什麼好消息？這樣神秘。」素貞有些好奇起來，立即問馬鳴。

「馬鳴，不要賣關子了，快告訴堂姐。」碧玉催促。

馬鳴不再賣關子，開心地對素貞說：「堂姐，恭喜你，天恩榮升了！」

「馬鳴，你怎麼知道的，講仔細點。」

「好，堂姐。」

原來馬鳴不久前因為一個高空定位監測的難題，在國際航天雜誌上刊登廣告，廣泛徵詢解決辦法。一星期後該雜誌專欄回復，就最新發明的高空定位監測器進行了概括性的介紹，並附載了其發明家的聯絡電話。馬鳴迫不及待地致電聯繫，卻意外地聽到了白天恩的聲音。

「馬叔，我發明的這個高空監測器可以在地面自行發射升空，或者由飛機帶上高空。它可以按需要獨自停留在一至三萬米的高空，定點監測地面的情況，並將觀察測量所得的圖像和數據傳送給控制中心，在電視大屏幕上看得一清二楚。所以很符合五嶺聯盟的需求，如果考慮購置，五嶺聯盟享有優先優惠。」天恩又說：「馬叔，快把你們公司國際航行的飛機編號告訴我，我在天宮宇宙航天指揮中心免費為你們導航。」

「什麼？天恩，你不是在宇宙航天研究所嗎？」

「過去是，現在已經不是了。」天恩的回答有幾分幽默。

「又高升了吧！」馬鳴肯定地問。

「不高，只是一名不起眼的天宮宇宙航天指揮中心的總指揮。」天恩詼諧地回答，謙遜之中，卻也不乏豪氣。

素貞不禁為自己的兒子感到驕傲和自豪！但她的臉上卻仍然是那樣平靜，只是微微一笑，像是有點埋怨似地說：「這孩子，對媽媽都保密！」

第二天，素貞在一平、大葵的陪同下，坐上飛機，鳥瞰五嶺山脈。只見眼下一片翠綠，那邐迤的山巒就像大海中的波濤，高低起伏。素貞知道，在這浩瀚的林海裡，隱藏著無數的生命；而在這無際林海的地下，更蘊含著無盡的寶藏。

此時，旭日給這千萬公頃的綠色森林抹上了一層五彩的霞光，其相互輝映，顯得分外妖嬈。而柔和的霞光照在機身上，竟像金子銀子般閃閃發光。飛機抬起頭，向著蔚藍的天空，往更遙遠的地方飛去。

下部 都市行

## 11

　　素貞從內地視察回港，又埋頭打理公司業務。同時，指導天惠、小青正確處理和解決各種疑難問題，力求讓公司在不斷發展壯大的同時，實現領導人由老到青的平穩轉移。

　　時間過得很快，一晃就到了一九九七年。是年七月，亞洲金融風暴危機爆發。在香港，港元持續受壓，沽空活動不斷升溫，投機者採取「雙邊操控」策略，通過匯市和股市相互施壓，企圖使香港聯繫匯率制度和股票市場崩潰。此時的香港股市，恒生指數不斷下跌。不足三個月，香港恒生指數累積下跌了近 3,000 點。

　　但是，廣大股民還在憑以往的經驗，認為大跌必有大升，於是想方設法，不惜借錢「趁低吸納」股票，有的人甚至把全部資金都押了上去。他們以為，等股票升上去時，可以大賺一筆。

　　一九九七年十月的一天，素貞正在公司的金融部證券室對著大型證券電視屏幕，與有關人員討論股票等金融產品的走勢。突然，她接到子俊打來的電話。子俊說：「媽（子俊跟著天惠稱呼素貞為媽），你快來看看，我

爸以前把公司抵押給了銀行，借錢炒股票。現在又要把我們住的房子作抵押，再向銀行借錢買股票。這件事弄得不好，我們有可能會傾家蕩產。」子俊又說：「媽，我說得口乾舌燥，就是勸不住。媽，你快來勸勸我爸吧，只有你才有可能讓我爸收手。」

素貞覺得事態嚴重，放下話筒，立即叫司機開車送她去一平的東方開發有限公司。

一平看見素貞來到，依然十分興奮，說：「素貞，恒生指數已經跌了 3,000 點，如果現在買入股票，等恒指反彈 3,000 點，不，就是只反彈 1,000 點，我都會賺大錢。」

素貞聽了一平的話，不知是好笑，還是好氣，於是嚴肅地大聲說：「一平，你買賣股票，卻不研究股票。僅僅只看恒生指數的升跌，就把全部資金投進股票市場。我問你，如果輸了，你一家人去哪裡住？你這樣做，是傻了，還是瘋了！」

但是，素貞的當頭棒喝沒有讓一平清醒，反倒讓他覺得委屈而有些光火，於是也大聲地說：「素貞，你從來沒有買賣過股票，你不懂，你不要阻我發財！」

說著，拿起電話聽筒，就要和銀行經理敲定以住宅抵押借貸的協議。

素貞以前沒有將精力大量投放在證券市場，是因為她和她的金融團隊一致認為目前市場太過動蕩，風險倍增。她還得到內部消息，投機者這次沽壓恒生指數的最低目標是 4,500 點以下。到那時，股票就是一張廢紙，覃一平一定會傾家蕩產，一無所有。

「這種情形絕不可以在我的眼皮底下發生！」素貞心裡想著，再看著眼前這位被感情折磨得幾乎失去理智的男人，心裡不免有幾分憐惜。她把一平拉到一邊，輕聲而清楚地問他，說：「覃一平，你不是常說你愛我嗎？」

一平一怔，似乎有點清醒過來，肯定地回答，說：「是！」

「一平，如果你的愛是真的，那你就證明給我看！」

「你要我怎麼證明？」

「現在，就是現在，你把你手上所有的股票全部賣掉，用所得的資金儘快把公司贖回來，若錢不夠，我幫你！」素貞斬釘截鐵地說完，期待地看著一平的眼睛。

素貞的聲音不大，但聽在一平的耳裡，卻似驚雷，「轟轟」地將他震醒。

「公司，我的公司……」一平喃喃地說著，幾步跨到電話機前，通知證券行，沽清持有的全部股票。

是時，恒生指數為 12,368 點。

從覃一平沽清手頭所有股票的那一天起，股市輾轉向下。到了一九九八年八月左右，恒生指數由 16,820 點高位插水式跌至 6,545 點。股票市場上一時草木皆兵，人心惶惶。可憐一眾股市散戶，面對一張張如同廢紙的股票，欲哭無淚。尤其是那些借錢買股的人，不僅輸掉了自己所有的積蓄，而且債臺高築。逼債者淋紅油、拉人、鎖屋，股市一時鬼哭狼嚎，風聲鶴唳，人人自危，悲慘淒涼。

一天夜裡，人們看見一個女人，披頭散髮，立於一座大廈天台的圍欄之上。趕來天台勸阻的人都認得，她，姓盧，兩年前被丈夫離棄，一個人帶著兩個幼小的孩子艱難度日。她是因為借錢炒股，輸得精光，被債主逼得走途無路而來跳樓的。

在場的人，有的同情她，卻幫不上忙；有的責備她，因為她只為自己解脫，而狠心扔下兩個年幼的孩子。

人們的勸說，她已經聽不進去了。這時，一個好心的人從她身後偷偷伸出雙手，想把她拉下來。但她眼一閉，手一伸，就向漆黑的空間撲了下去……

當她醒過來的時候，已經躺在自己家裡的床上，兩個孩子立在她身旁。前來看望她的政府社會福利署的工作人員對她說：「聽現場的人說，你跳下樓後，一身黑裝的鳳俠，不知從哪裡飛過來，在半空中將你接住，然後雙腳在牆壁上一點，騰空而起，抱著你直往上躍，把你送到天台放在地上後，轉身『嗖』地一聲就飛走了。當天台上的人們回過神來，鳳俠已經不知去向。後來由鄰居和趕來的警員將你送回了家中。」工作人員又說：「你被逼債的情況我們已經了解清楚，政府會幫助你。今後，你就帶著兩個孩子安安心心地過日子吧。」

　　盧小姐感激涕零，抱著兩個幼小的孩子哭著說：「我真是好彩（很幸運），撿了條命回來。感謝鳳俠救命之恩！感謝政府體恤之情！」

　　「其實，像你這樣因炒股失敗而跳樓輕生的人，鳳俠已經救回三個了。人們都把鳳俠說成是『香港女超人』呢！你也不要太過自責，以後腳踏實地好好生活，把兩個孩子培養成人，將來為社會作出貢獻。」社會福利署的工作人員說完就走了。

　　第二天，盧小姐收到一個大信封，信封裡有五千港幣和一封信，信中的字裡行間，充滿了關愛之情。還說，

有香港政府，一切都會好起來。這五千港幣暫時幫她解決了生活上的燃眉之急。盧小姐看見信後的落款，寫著：香港華揚集團有限公司福利部。

素貞早上回到公司，想到目前股災令很多人生活艱難困苦，於是指示公司福利部的同事不僅給盧小姐送點錢應急，還在全港多處長期設立愛心站，定點定時免費派發飯盒，幫助有需要的人。

素貞與天惠、小青來到金融部，一起在電腦屏幕上觀看香港及世界股市情況，討論和研究香港乃至全球的經濟形勢。

八月十四日，投機者仍大肆沽空港股，企圖把恒生指數壓至 5,000 點以下。一開市，素貞等人發現，有一間機構的香港股票戶口竟與沽貨戶口抗衡，大手買入港股，令恒生指數不跌反升。沽、買雙方各不相讓，就像打仗一樣，槍炮齊發，激烈爭鬥。剛開始，旗鼓相當，但不到中午，沽方已現頹勢。

下午開市，雖然時有拉鋸之勢，但買方仍佔上風，一路領先。

素貞問大家：「你們說，這唯一的買家是誰？」

這個問題的確難答，因為大家都清楚，一天近千億港元的交易，香港哪間公司有如此雄厚的資金；而且勝負難料，又有誰，有如此驚人的膽量。

「香港政府！」

素貞見大家一臉狐疑，一拍桌子，肯定地說。頓了頓，素貞接著說：「港府有幾千億財政儲備，現在又回歸了中國，所以，今天這個與沽家抗衡的大戶，非港府莫屬！」素貞越說越興奮，她對大家說：「同事們，我們入市的時機到了。從明天起，我們以每天十億港元入市，專買恒指成份股，為期十天。」

大家聽了素貞董事長的分析，也興奮起來，齊聲回答：「是！」

當日，港股一洗頹勢，恒生指數反彈 564 點，升幅達 8.5%。大家都期待，明天公司入市買港股，能首戰告捷。

下班後，素貞吩咐天惠回去告訴子俊父親，如果他有興趣，明天也可以乘低買入恒生成份股的股票。

素貞看得很準，自從香港政府入市捍衛聯繫匯率制度和股市後，香港金融市場轉趨穩定。在股票市場，恒生指數反覆上升，一年以後重上 10,000 點以上，素貞領

導的華揚集團有限公司也因此得到了非常可觀的回報。素貞於一九九八年八月十五日入市，每天以十億港元買入恒生成分股股票，為期十天，入市累計港元一百億。之後，又陸續買入了一百億港元的恒指成分股股票，總投資金額二百億港元。

一九九八年年終收盤，港股恒生指數由最低 6,500 點升至 10,048 點。素貞股票市值賬面總額為三百六十八億港元，賬面淨賺港幣一百六十八億。

一九九九年，恒指高見 16,958 點，不用說，素貞公司的股票收益應當更為驕人。隨後幾年，公司業務蒸蒸日上，客戶成千上萬，遍布全世界。

*12*

　　二〇〇三年二月中旬的一天，素貞用過早餐，坐車去醫院探望一位病人。這位病人是素貞的好朋友，也是華揚集團有限公司在廣東的一位大客戶。這位客戶前天從廣東過來，昨天覺得身體不適，來醫院檢查後被安排住院觀察治療。

　　素貞不知道，此時有一種叫沙士（SARS）的非典型肺炎已經從廣東順德悄悄地潛入了香港。

　　素貞從醫院探望那位朋友回來不到一個星期，就覺得有些咳嗽、乏力等感冒徵狀，她也不在意，認為和以前一樣，喝杯熱薑茶，過幾天就會好起來。不想過不了兩天，病情竟日漸嚴重。天惠和小青馬上把她送到自己公司的附屬醫院，在特護病房請權威醫生作全面的檢查。覃一平聞訊及時趕來探望，他安慰天惠說：「天惠，你不要著急，沒事的。這裡有我和小青輪流看著，你安心回去打理公司吧。」

　　素貞也有氣無力地說：「天惠，你一平叔講得對，你放心回公司吧。」

　　天惠走後，一平讓小青照看素貞，自己去向主治醫

生江醫生了解素貞的病情。江醫生把剛送來的檢查報告給一平看，並說：「平叔，董事長染上了非典型肺炎。」

「你說是 SARS？」一平不敢相信，加重語氣再次問江醫生。

「是的，平叔。」江醫生肯定地回答。他停了停，又說：「平叔，我們心肺科五名醫生馬上會去看董事長，會診完畢後，一定第一時間把結果告訴您。」

「好，儘快！謝謝你！」一平心情沉重地說。

會診結果：素貞確診非典型肺炎，即 SARS。

此時，香港觀塘牛頭角區最大型的私人屋苑陶大花園出現大量的沙士確診個案，尤其是陶大花園 E 座，確診個案竟高達一百零七宗。政府採取果斷措施，將陶大花園 E 座隔離十天，並將其居民強制遷往鯉魚門度假村和麥理浩夫人度假村。儘管如此，全港 SARS 確診個案仍不斷上升，並且不時傳出有 SARS 病人死亡的消息。一平在報紙和電視上看到上述消息，心急如焚。

素貞的主治醫生多次與其他醫生會診，制定了多種治療方案，使用了最好的藥品。但是，素貞的病情不但沒有好轉，反而一天比一天地加重，這使醫院心肺科的幾名權威醫生束手無策。

一平見此，更是茶飯不思，焦慮萬分。他坐在素貞的病榻前，看著她日益憔悴的臉，不禁心如刀絞。突然，他靈光一閃，記起曾有朋友說過，在美國佛羅里達州有一位三十幾年來致力於研究及治療心肺疾病的著名專家教授。他馬上去找素貞的主治醫生，徵求他的意見。

　　江醫生說：「平叔，您說的這位專家教授我認識，他姓華，是美籍華人。在去年世界國際醫學年會上，他還發表過有關論文，在醫學界享有很高的聲譽。」

　　「那就好，我們把董事長轉去華教授那裡醫治，一定能很快好起來。」一平高興地說。

　　「行，我去和醫療小組其他醫生商量一下有關事宜。不過，路途遙遠，要用專機接送方為穩妥。」江醫生說。

　　「這點您放心，我來安排。」一平說完，馬上出去致電五嶺機場的馬鳴，簡要說明了情況後，請他今天下午派一架飛國際航線的客機過來，明天一早送素貞董事長去美國佛羅里達州治病。一平最後還強調說：「馬總，你安排好後，一定與天恩聯繫，但不要嚇著他。」

　　「平叔，我知道分寸，您就放心吧。」馬鳴回答。

　　一平還是不放心，思來想去，還是決定親自聯絡天恩。電話很快接通，傳來天恩宏亮的聲音：「岳父，您好！

辛苦您了！您老人家一定要好好保重身體。我和子儀都好，請您老人家放心。」

一平本來想安慰安慰女婿的，沒想到一拿起話筒就聽到女婿一連串關心的話語，心裡很感動，就說：「天恩，你也不要太擔心。我們只是想讓你媽媽去美國得到更好的治療，儘早痊癒。」

「岳父，我知道。馬總已經把有關資料傳過來了，我明天和子儀會全程監控，確保一切順利平安。到埠之後，這邊的一切我和子儀都會安排好，您老人家儘管放心好了。」

「好。美國那邊時間很晚了，你和子儀快點休息。」

「好的，岳父，晚安！」天恩說完，聽見岳父掛斷後，才放下電話。

五嶺機場的曾機師駕駛著 A1827 號客機下午三點準時降落在香港啟德國際機場。晚上，一平、江醫生、子俊、天惠、小青與曾機師一起商量明天的飛行路線。

子俊說：「去美國佛羅里達州最近的路線是經北大西洋的馬尾藻海直去，全長一萬一千五百公里。」

「那條航線雖然較直、較近，但要經過百慕達三角海域，聽說那裡不夠安全。」曾機師說。

「不錯，我也很擔心。從小我就在很多課外書籍中得知，那裡被人們稱為『百慕達三角』。傳說這片神秘海域屢次發生神秘失蹤、海難事件，貨輪、軍艦、潛艇、飛機都離奇消失。有人統計，近兩百年來，在那裡發生的靈異事件，多達九百餘宗。」

聽了天惠一番話後，大家不禁有些擔心。沉寂了一下，子俊說：「從現實的情況看，所謂百慕達三角，是由英屬百慕達群島、美屬波多黎各及美國佛羅里達州南端所形成的三角形海域，面積約一百六十萬平方公里。船隻多穿越此海域以抵達位於美洲、歐洲和加勒比海地區的港口，也不是每次都會出事的。」

子俊的一席話又給大家增添了信心。吉人自有天相，一切都會順利平安的。於是，大家最後決定，由小青和江醫生陪同素貞董事長前往，飛行路線是：經百慕達三角直飛佛羅里達州。曾機師即刻把有關資料上傳到天恩的電腦，讓他能夠早作安排。

第二天早上九點，A1827號客機載著素貞、小青和江醫生準時從香港啟德國際機場起飛。在美國天宮航天指揮中心的天恩，首先安排了一架飛機把高空電子監測器安置在百慕達三角海域3萬米的高空，時刻監測此海域的海面情況。另外還安排了兩架偵察機和三架救援直

升機在機場緊急待命。他和子儀則守候在指揮中心控制大堂的電視屏幕前，目不轉睛地注視著 A1827 號飛機的飛行狀況和百慕達三角海域的海面情況。

載著素貞等人的 A1827 號飛機，於美國時間下午三點，已進入百慕達三角海域。飛行不到半小時，原本晴朗的天空，突然烏雲密佈，狂風大作，飛機頓時劇烈顛簸搖晃。曾機師立即將飛機迅速爬升，欲衝破雲層，再調頭回飛，尋找就近的機場緊急降落。但是，來不及了，曾機師只覺得一股巨大的、不可抗拒的力量，將飛機往風眼裡拉去，所有的儀器設備也不聽他的操控使喚。

為什麼天氣會突然劇變，並如此惡劣？曾機師當然不知道，這是因為海底一隻巨大的怪物在作祟。那怪物的一雙眼睛，可以穿波透雲。牠看見 A1827 號飛機裡有兩條修煉了上千年的白蛇、青蛇，心想如果吃了這兩條蛇，就可以增加幾千年道行。到那時，不要說這小小的百慕達三角，就是世界七大洋，牠都可以稱霸。

這種千載難逢的好機會，牠豈會放過。於是手一揮，狂風大作，昏天黑地；口一張，方圓一公里的海面頓時變成了一個巨大旋渦，並對正風眼。然後五指一捏，那架已被捲入風眼裡的 A1827 號客機「轟」的一聲便自行解體，機體碎片被旋風吹到四面八方，只留下兩人兩蛇從高空風

眼處飄飄蕩蕩而下，向著海面巨大的旋渦墜下……

「素貞，醒來！小青，醒來！」一股神奇而強大的呼喚聲傳來，素貞和小青立即睜開了雙眼，看見觀世音菩薩穩穩地立在高空，白色的法衣在風裡飄動，全身神光護體，法相尊嚴。只見她伸手一指，那兩個人便停止了下跌，懸於半空之中。

素貞、小青連忙跪下，向觀世音菩薩行禮問安。觀音娘娘柔聲對素貞說：「素貞，你修行五千年，以善心、良心對待普羅眾生，救人助人無數。如今更設立愛心基金，開辦孤兒院、敬老院，你拯救無辜生命的數目，剛剛從九十九萬九千九百九十九變為一百萬。現在，你功德圓滿，玉皇大帝賜你化身為龍。」

「小龍衷心感謝玉皇大帝隆恩！小龍衷心感謝觀音娘娘垂憐！」素貞立即叩謝。

觀世音菩薩又對小青說：「小青，你要以素貞為榜樣，努力修行，將來必成正果。」

「小青銘記觀音娘娘教誨！小青謹遵觀音娘娘法旨！」小青急忙叩謝。

觀世音菩薩又說：「你倆聽好，海下孽障乃一豬婆龍。牠原是天蓬元帥的副將，因慫恿天蓬元帥對嫦娥無禮，

與天蓬元帥一起被貶下凡塵為豬。豬八戒在高老莊被招婿，後來又被孫悟空所收，拜唐僧為師上西天取經，因此遺下這隻小豬無人管教。

這隻小豬比豬八戒更貪財貪色，牠於山中洞穴耐不住寂寞，下山四處遊蕩。一日在海邊看見哪吒用乾坤圈打死龍王的三太子，於是設法取得一片龍鱗，奉為至寶，日夜焚香叩拜，吸取其精氣，參悟其靈性，千年之後，終於修得豬皮龍甲，亦能騰雲駕霧，呼風喚雨。但牠不安本分，變本加厲，四處斂財劫色，無惡不作。天庭幾次追捕，都被牠僥幸逃脫。後來牠逃到百慕達三角，打敗了黑、白雙鯊精，占海為王。

豬婆龍手握海底閘閥機關，利用海床下的巨大空間，讓海水泄入，形成巨大吸力，把過往船隻吸入海底。牠竊取船上財物，並把船員和旅客通過時光隧道賣到古代歷朝，換取當時秦淮絕色美女，供牠淫樂享受。牠還經過 51 號時光隧道，把擄來之人賣給外星人作試驗，以換取龐大資金，修築了海底金字塔宮殿，滿足牠糜爛生活的欲望。

總之，這個豬婆龍已經窮凶極惡，人神共憤，不可再讓牠橫行霸道，傷天害理。」觀世音菩薩說到這裡，對素貞說：「素貞，你現在去把牠擒來見我！」

「遵令！」素貞響亮地回答，一轉身，呼嘯著向海底衝去。

觀世音菩薩又對小青說：「小青，你去海面接住那兩個人，並保其周全。」

「遵令！」小青領命而去。

素貞一頭扎進海裡，直搗豬婆龍老巢。

豬婆龍剛剛看見白蛇青蛇飄飄蕩蕩下來，滿心歡喜，以為可以一飽口福，大大進補一番，將功力提升到最高境界，稱霸海洋，統率全世界水族。

牠正在暗自高興，不想一眨眼，卻看見白蛇變成了一條小白龍向自己襲來。牠以為自己一時眼花沒有看清楚，於是再定睛一看，的確是一條小白龍。

如果是以前，豬婆龍早已逃之夭夭了。但是現在，牠捨不得這裡成群的美女，也捨不得這座金碧輝煌，由金子砌成的宮殿。除此，牠也還存在著一絲僥幸取勝的心態。於是，豬婆龍不敢怠慢，運起渾身功力，把全部豬毛化成千萬把利劍，以最快的速度，風馳電掣般向小白龍刺去，企圖一擊即中。

素貞見豬婆龍萬劍齊發，劍劍奪命，只淡然一笑，

長吟一聲，將龍體一盤，方圓十里的海水都隨之飛速地旋轉起來，瞬間在她身下築起了一道堅不可摧的銅牆鐵壁。素貞毫髮無損，而那飛來之劍反被飛速旋轉的海水吸住一起盤旋，然後從巨大水圈的外層沿切線方向往四面八方拋出，再沉入了大海深處。

豬婆龍全身上下沒有一根豬毛，只得將那塊龍鱗披在身上，乍眼一看，還像是一隻豬婆龍。

素貞不忍心傷害那片龍鱗，突然想起齊天大聖孫悟空大戰鐵扇公主，智取芭蕉扇的情景，於是「嘩」地一聲收起水陣，變成一條白蛇，又飄飄蕩蕩地向豬婆龍嘴邊游去。

豬婆龍以為自己的劍陣奏效，把小白龍打回原形，喜不自禁，張口哈哈一笑，就要一口吞下白蛇。說時遲，那時快，不等豬婆龍閉上嘴，「嗖」的一聲，素貞便飛進了豬婆龍的肚子裡。

豬婆龍大驚失色，但無可奈何，因為不知道小白龍在肚子裡會怎樣折磨牠。牠一邊假意向小白龍求饒，一邊偷偷地向 51 號時光隧道跑去，企圖神不知鬼不覺地進入隧道向外星人求援，治服小白龍。

素貞變成小白龍飛進豬婆龍的肚子裡後，立即取出龍珠，龍珠光芒四射，把豬婆龍肚子裡照得雪亮。素貞還運

用透視功能，把豬婆龍身外的情況看得一清二楚。此時，看見豬婆龍心懷鬼胎，企圖逃往 51 號時光隧道，馬上用龍角往豬婆龍的肚子上猛力一頂，豬婆龍「哎喲」慘叫一聲，痛得倒在地上打滾。素貞冷笑著說：「豬婆龍，你還想動歪腦筋，企圖逃跑嗎？」

豬婆龍連忙求饒，一邊大叫「不敢了、不敢了」，一邊爬起身來，仍然向 51 號隧道跌跌撞撞地走去。

素貞見狀，立即在牠肚子裡不停地頭頂腳踢，豬婆龍痛得滿地打滾，死去活來，慘叫著苦苦求饒。

素貞警告牠說：「豬婆龍，我雖然在你肚子裡，但是你的一舉一動我都看得清清楚楚，就連你在想什麼我都瞭如指掌。念你在天庭做過事，暫且饒你不死。但是，倘若你再不聽我的指揮，休怪我不留情面！」

豬婆龍聽了，知道素貞知其底細，大有來頭，不敢再有妄想，跪下求饒，說：「不知龍神駕到，賤豬罪該萬死！賤豬一定聽從您的指揮，只求龍神饒我不死！」

「豬婆龍，你既然知道自己罪孽深重，還不快快出海向觀世音菩薩懺悔！」

「好，好，請龍神指路。」豬婆龍說完，按照素貞的指引，出海俯首拜倒在觀世音菩薩的腳前。

素貞從豬婆龍的口裡出來，恭立在觀世音菩薩面前，聽候差遣。

觀世音菩薩讚揚素貞機智勇敢，叮嚀說：「素貞，你塵緣未了，明天再來九霄天庭聽封吧。」說完，手一揚，素貞便向小青那裡飄去……

觀音娘娘著素貞一天後上天庭聽封，天上一天，人間十年，即素貞還有十年塵緣未了。剛才素貞捉拿豬婆龍，前後只是幾分鐘的時間，而天恩率領五架救援飛機，由子儀指揮，在百慕達三角海域已經苦苦地搜尋了兩天兩夜。雖然暫時沒有結果，不過天恩和子儀仍然滿懷信心，相信母親仍然生存，高空的電子搜索和飛機搜救一刻也沒有停止過。

「有人！」

出事後的第三天中午，密佈的烏雲慢慢散去，久違的太陽終於露出了笑臉。波濤洶湧的大海由於長時間瘋狂地來回奔跑，已經十分的疲憊困乏，它躺在海床上，不想再動，慢慢地平靜下來。

在天恩的耳機裡，突然傳來了子儀興奮而清晰的叫聲。

天恩急忙按子儀指示的方位飛去，遠遠看見方圓兩公里的海面上，有四個小黑點。天恩把飛行高度降低再降低，

直到看清楚最近的小黑點是人才停止下降。很快，天恩又確認了第二個黑點也是人。他馬上命令另外兩架飛機定點救人，自己再迅速飛往其他兩個黑點，確認後，與飛來的第四架飛機各將一人救起。皇天不負有心人，天恩救起的，正是自己日夜牽掛的母親。另外被救起的三人分別是小青、曾機師和江醫師。

經過初步檢查，素貞等四人都沒有生命危險，只是由於飢寒交迫而導致昏迷。更可喜的是，素貞的 SARS 已不治自癒，真是謝天謝地！

這件發生在百慕達三角的空難，飛機自動解體，已經讓人非常驚訝了。而機上四人墜海後，經過兩天兩夜驚濤駭浪的摔打沉浮，居然全部生還，令人無比驚奇之外，更百思不得其解。因此，轟動了全世界。

在美國紐約，各大報刊的記者日夜守候在天恩的住宅和天宮航天指揮中心的大門口，決心要向天恩了解清楚兩件事：其一，遭遇空難墜海兩天兩夜，竟離奇生還的四人，其身體是否具備特殊能力。其二，天恩、子儀研發的高空監測器與一般電子監測儀有什麼區別，為什麼在那種惡劣的天氣下，還能在如此廣闊的海域及時發現遇難者。

其實，天恩和子儀這時並不在家裡，也不在天宮航

天指揮中心。他倆在海裡救起母親、小青、曾機師和江醫生後，就立即用飛機秘密地將她們四人送到了佛羅里達州，住進了華教授的懸壺醫學研究所，接受華教授的檢查和治療。

　　華教授三天前就收到了江醫生從香港電傳過來有關素貞病情的報告，並初步擬定了有關的治療方案，只等素貞到來，就會結合實際情況展開有效的治療。現在聽了天恩講述素貞等四人遭遇空難的情況，也覺得不可思議。於是馬上將素貞等四人分別安排在獨立的高級病房休息療養，待身體恢復後再進行全面的檢查。

　　一星期後，素貞等四人都精神飽滿，行動自如了。華教授立即利用研究所內，世界上最先進的儀器對四人逐一進行了全面仔細的檢查，而四個人的報告結果都一樣：身體狀況一切正常，身體結構與常人無異。

　　華教授對素貞所患 SARS 的不治自癒更感興趣，作為一名長期從事研究人體心肺系統的專家，他覺得有責任也有必要找出其原因。於是華教授請素貞來他的辦公室，進行了一場深入的談話，以了解其家族史、血緣史、個人出生及成長史、社會關係史，甚至還談及了白仙石一家的有關情況。之後一個星期，華教授對這些資料進行了精密的分析和研究，試圖找出破解這個謎團的突破口。

結果發現，素貞確實是有很多與眾不同的地方，比如，深厚的武學底蘊，高超的武術技能，悲天憫人的思想感情，堅強不屈的性格意志……但是，這些在醫學上只能屬於精神治療範疇。難道人的思想意志真能抗擊凶惡的重病頑疾？

　　華教授又陷入了迷惘。

　　一個月後，天恩和子儀來到懸壺研究所，首先去拜訪華教授，衷心感謝他對母親和三位朋友的精心治療和悉心照顧。然後，送母親、小青、曾機師和江醫生去紐約新租的一棟別墅裡小住。

　　子儀開車，天恩挽著母親的手臂坐在後排。子儀邊開車邊說：「現在坊間流傳出很多關於母親和你們三人大難不死的原因，比如神功護體、神靈保佑、好人好報、命不該絕等等，有的人甚至通過想像，說是外星人打救。總之，說法不一，五花八門。」

　　「我想，過不了多久，那些民間寫作大師一定會創作出更精彩的故事。在他們的新書裡面，說不定母親和你們三位都會飛天遁地呢！」天恩說。

　　聽了天恩的話，大家都笑了起來。

　　一平聽說素貞病癒出院，也從香港乘飛機趕來祝賀。

子儀和天恩請了長假，陪父親（母親）、小青、曾機師及江醫生遊覽了紐約市的許多著名景點，如自由女神像、大都會藝術博物館、紐約證券交易所等等，每到一處，大家都歡欣愉悅，儘興而歸。

　　在紐約遊覽了一個星期，小青對素貞說：「姐姐，出來一個多月了，天惠一人打理公司，太辛苦了，我得趕快回去。」

　　曾機師和江醫生也來向董事長辭行。素貞知道他們歸心似箭，就對身邊的天恩說：「天恩，你去買三張明天飛往香港的機票吧。」

　　「母親，不用買機票了。你買給五嶺聯盟森林管理有限公司的那架客機前兩天就停在我們指揮中心的機場裡了。我讓人認真檢查了一遍，一切正常。下午請曾機師去看看，明天就駕駛自己的飛機回去吧。」天恩說。

　　曾機師喜出望外，連聲感謝董事長和天恩。

　　素貞說：「你們冒著生命危險送我來美國治病，要說『謝謝』的，應該是我。」素貞接著又說：「這架飛機是我私人買的，編號仍然是 A1827，你開回去交給公司，就算是『完璧歸趙』了。」素貞說完，又對江醫生表達了衷心的感謝。

最後轉身向正在給她兩肩按摩的小青說：「小青，我這次就不跟你一起回公司了。因為剛才一平說，要我去俄羅斯首都莫斯科辦理有關購房的手續。」

「好的，姐姐，你安心去辦事吧，我回去一定好好協助天惠把公司打理好。」小青回答說。

第二天下午兩點，在天宮航天指揮中心的機場上有兩架客機起飛，一架飛往香港，另一架飛往莫斯科。

## 13

在飛機上，素貞問一平，說：「一平，你到過莫斯科嗎？」

「到過三次。」

「你知道莫斯科是個怎樣的城市嗎？」

「我的文學水平低，不能很好地描繪出來。總之，莫斯科是世界著名的城市，法國作家古斯丁（Marquisde Custine）曾經說過，莫斯科這個超凡脫俗的城市光影交錯，儼如夢幻景象，在歐洲自成一格，無可比擬。」

「喲，引經據典了，還說自己文學水平低！有點謙虛了吧。」素貞笑著把一平揶揄了一下。

「哪裡，哪裡，是你抬舉我了。」一平連忙圓場，乖巧地說。

素貞和一平到了莫斯科，稍作休息，便前去約定的酒店，與地產經紀簽署有關購置房產的買賣合約。

素貞之所以要在俄羅斯置業，是因為有一次她應公司客戶邀請去俄羅斯考察，覺得這個在人們眼中頗為神秘的

國度，幅員廣闊，風景優美，是個度假的好地方。於是不久前托一平打聽，想在那裡購置一座莊園、別墅之類的物業。

這次購買的是一座遠離城市的農莊，那裡背山面水，有遼闊的草原和肥沃的田野，還有一整套富有江南園林風格的竹建築群。

素貞簽署完畢，經紀帶倆人到酒店舞廳休息。

舞廳裡，一陣熱烈的掌聲後，在霓虹燈光交錯閃耀的舞臺上，一位美麗的俄羅斯女郎獻唱膾炙人口的名曲《莫斯科郊外的晚上》和中國的《草原之夜》，那悅耳動聽的歌聲吸引著每位在場的客人，整個舞廳頓時充滿了既浪漫又溫馨的氣氛。

歌聲剛停下，司儀就大聲倡議：「女士們，先生們，在這美麗而多情的夜晚，讓我們和自己心愛的人兒儘情地跳起來，舞起來吧！」

司儀的話還未講完，男士們早已起立，一隻手放在背後，另一隻手攤開向前伸去，躬身邀請面前的女友或女伴到舞池共舞。

素貞也被一平請出去跳舞。素貞雖然年事已高，但面容仍娟好圓潤，身材高挑婀娜，風韻不減當年。她被

一平領得舞步輕盈，舞姿翩翩。只見她頭插閃閃發亮的銀簪，身著黑底金花的上衣，那棗紅色的杭紡羅裙隨舞姿飄逸，就像一隻展翅飛翔的金鳳凰。在場舞者皆停步觀賞，並報以熱烈的掌聲。

第二天，用過早點，素貞和一平結伴同遊紅場。

紅場的「紅」字，俄語的含義也有「美麗」的意思，因此，紅場又可以稱為「美麗的廣場」。它長 695 米，寬 130 米，總面積約為 9,000 平方米，是莫斯科最古老的廣場。

金秋時節，天高氣爽。素貞與一平在紅場漫步，被色彩斑斕的聖瓦西里主教座堂所吸引。

一平自告奮勇地向素貞介紹，說：「素貞，那教堂的主體建築是由八座高低不同的小教堂圍繞著中央塔。小教堂位於八個方位，標誌著中央塔的四面八方。教堂前有一個圓形的平臺，是過去沙皇宣讀指令的地方，而小教堂的洋蔥形圓頂，被公認為是俄羅斯建築的特色之一。」

這時，素貞和一平旁邊響起了掌聲，一位俄羅斯導遊一邊拍掌，一邊走過來，對素貞說：「尊貴的女士，這位先生講得很好！」說著，指向紅場西側，用流利的普通話，很有禮貌地向素貞和一平作介紹。她說：「那裡有列寧和十二位蘇聯政治家的墓碑，還有世界聞名的克里姆林宮。」

又說：「克里姆林宮是俄歐建築師共同設計的，它既吸納了西方建築的精髓，同時也融入了東羅馬帝國的建築風格。其宮殿、鐘樓和教堂還滿布著俄羅斯的雕刻藝術作品。」

素貞和一平聽了，謝過這位熱情的年輕女導遊，一起緩緩向克里姆林宮走去。

在莫斯科遊覽了幾天後，素貞和一平就乘坐內陸機經伏爾加格勒州前去她的星海農莊。素貞的星海農莊坐落在北高加索山脈之下的伏爾加河流域。

北高加索，又稱前高加索，位於俄羅斯境內西南部。高加索地區群山環抱，重重疊疊，綿延深長。在山與山之間有片片小湖，湖水碧綠恬靜，瀑布星羅棋布，仿若人間仙境。

而伏爾加河又名「窩瓦河」，位於俄羅斯西南部的高加索地區，全長 3,692 米，自北向南流入裏海。伏爾加河因其在經濟、文化、歷史上的重要地位而躋身於世界大河之列，它是俄羅斯的歷史搖籃，它是俄羅斯人的「母親河」。

所以，素貞星海農莊的地理位置確實獨具一格，不同凡響。

素貞走下飛機，來到出境大堂門口，星海農莊的主事上官雲兒舉著寫有素貞、一平大名的牌子早已等候多時了。

素貞在簽署合約時，已表明繼續聘請所有農莊在職員工。所以農莊職工情緒穩定，農場工作運行順暢。上官雲兒就是留任的星海農莊主事，即我們常說的主管，今天就是她親自開車來機場迎接新莊主素貞的。

素貞走下小轎車，抬頭看見高大寬敞的農莊大門上，高掛著寫有「熱烈歡迎莊主許素貞小姐」十一個大字的紅綢橫幅。門前，全莊一百二十六名職工列隊夾道歡迎，鞭炮聲、鑼鼓聲、歡呼聲響徹雲霄。

素貞一邊揮手致意，一邊對主事上官雲兒說：「雲兒，辛苦你了！叫大家散了吧，都早點回家休息。」

「是，莊主！」上官雲兒應著，立即轉身吩咐大家照辦。

素貞叫住上官雲兒，說：「雲兒，為了感謝大家的盛情，你從我的戶口支賬，給全莊每位員工各派發一封一百美金的紅包吧。」

這個紅包代表素貞的心意，飽含著她對員工的尊重與關心。雲兒很感動，油然升起敬佩之意，於是立即恭敬地回答，說：「是，莊主。我代表莊上所有員工衷心感謝您。」

素貞和一平走進莊門，展現在眼前的是一望無際綠油油的草原和成群的綿羊、乳牛與駿馬。

雲兒趕過來介紹，說：「莊主，大草原的左邊有一整套竹建築樓房，那裡是您的生活區。再過去就是果園和山林，閒時可以遊山打獵。」

「大草原的右邊是萬頃肥沃的田野，用於灌溉的是伏爾加河衍生的白天鵝湖。其湖面廣闊，湖水清澈見底，水中魚肥蝦壯，菱紅藕白。太陽一出，湖面金光閃閃，空中百鳥飛翔，真是風景如畫。」

聽了雲兒如詩如歌般的描述，素貞喜上心頭，因為這正是她嚮往的田園風光，也正是她嚮往的耕作生活。於是轉頭問一平，說：「一平，你覺得怎樣？」

一平自打走進農莊，看了眼前風景，總覺得似曾相識。再仔細想想，不由自主地叫出聲來。他喃喃自語，說：「噢，這美好的地方，原來是我多次在夢境中見過。真是神奇，真是神奇！」

一平正看著，想著，自言自語著，聽見素貞的問話，回過神來，馬上回答說：「很好！很好！真的很好！」

這時，上官雲兒向素貞說：「莊主，我現在帶您和覃先生去看看生活區，累了就可以休息了。」

「好吧。」素貞應著，和一平、雲兒坐上小轎車向大草原左邊的建築群駛去。

駛近一看，所謂的建築群實際上是一處美麗的園林別苑，佔地約 5 萬平方米。圍著整個別苑的，不是磚石，全是纏滿牽牛花蔓的竹籬。竹門寬大，三輛小轎車可以並排進出。

素貞站在苑中河上的竹製拱橋上向四方眺望，只見小橋長廊、亭臺樓閣皆依山傍水，鱗次櫛比，造型優美，布局奇特，頗具江南古典園林的建築風格。而那一條條長廊，一座座小橋，一幢幢樓閣，一處處亭臺，全部由竹子搭建而成，宛如一件件難得一見、獨一無二、製作精緻的工藝品。

素貞和一平讚嘆不已，將它命名為「玉竹苑」。

這時，上官雲兒指著前面幾幢竹樓中間，那一幢最高大的竹樓對素貞說：「莊主，那幢竹樓就是您休息的地方。」又對一平說：「覃先生，莊主竹樓左邊的那幢是給您休息的。」

素貞抬頭望去，正如上官雲兒原先介紹的那樣，眼前的竹樓分為上、中、下三層。上，以三角屋架為頂；中，為主樓，由前廊、涼臺、正房三個部分組成；下，則是架

空層，可防濕氣、蟲蛇。這三層由兩條九級樓梯連接相通。

素貞沿竹梯來到第二層前廊，上官雲兒跟上來對素貞說：「莊主，竹樓是中國雲南西部傣族的一種傳統居屋，以西雙版納的竹樓村落最典型。這種竹樓繼承了『干欄式建築』的布局結構，選材特別嚴格，如柱子與樑，選用筆直挺拔的龍竹；地板與牆，選用更為堅硬耐腐的黃竹；竹碗、竹筷、竹杯，選用小巧的毛竹。所以，整個由不同竹子互相搭配，相互交融而搭建成的竹樓既古樸優美，又穩固舒適，它蘊含著傣族人千年來的生存智慧。」

素貞聽了上官雲兒的介紹，更加喜愛竹樓，覺得整個竹苑洋溢著一種閒雲野鶴、瀟灑淡然的氣息。

自此，素貞與一平青衣布褲，藤編纏腰，日出而作，日落而息，過上了恬靜的世外桃源式的生活。

素貞雖然在星海農莊過著休閒的田園生活，但時時刻刻沒有忘記為家庭謀福祉，給社會作貢獻。她在自己的竹樓旁又新建了幾幢更大的竹樓，中層有四間臥室。她把這幾幢竹樓分別給了永祥、宏宏、偉偉、天恩、天惠、小青和大葵等七家，讓他們休假時來小住。

對於星海農莊的經營，素貞在林業、畜牧業、農業

的基礎上，增加了漁業、旅遊業。為了配合各業發展，素貞擇地興建了辦公大樓和酒店，還興建了兩電兩廠。兩電，即太陽能發電站、風力發電站；兩廠，即乳品加工廠、棉毛紡織廠。不出五年，素貞把星海農場打理得風生水起，有聲有色。

日移乾坤轉，歲月不饒人。素貞深知自己已過古稀之年，所以，她早已把華揚集團有限公司的領導權平穩有序地轉讓給了年輕一輩。由於天惠選擇回到一平的東方開發有限公司協助丈夫子俊，華揚集團有限公司的經營就交由楊宏主持，楊偉負責海外區，小青的大女兒融融負責香港區，而大葵的兒子濤濤則負責管理內地區業務。這幾年來，華揚集團有限公司的收益蒸蒸日上，大有長江後浪超前浪之勢。

那日，從紐約和香港先後傳來喜訊，素貞又添了孫兒和外孫兒，即一平又添了外孫兒和孫兒。兩人喜出望外，決定儘快起程，前去祝賀。

素貞對一平說：「一平，前兩次添孫時，由於身體不適而錯過慶賀的日子，所以這次是一定不能再耽擱了。」

「素貞，你講得對。這次我倆給他們各備齊兩份大禮，其中一份就當是上次的禮物。」

「好，還是你想得周到。」

素貞說完，打電話把上官雲兒召來，對她說：「雲兒，我要回香港了，以後星海農莊的事務就全權交給你負責處理，如果有什麼困難可以打電話到總公司找楊偉反映，他會幫你解決的。」

「莊主，您就放心吧，我一定會把星海農莊打理好，一定不會辜負您的信任。」

「好，謝謝你！你去忙吧。」素貞說。

當天下午，素貞和一平收拾行裝，第二天一早出發，乘機直飛紐約。

素貞和一平飛到紐約，天恩和偉偉早已在出境大堂等候。大家坐上偉偉在紐約辦事處的私家車向天恩家駛去。車剛駛到家門口，子儀已抱著剛滿月的陽陽，帶著大兒子宇宇、二女兒宙宙，出來迎接。

素貞趕忙下車，親吻宇宇和宙宙，抱過小陽陽，看了又看，親了又親。天恩扶著母親，子儀挽著父親的手臂，偉偉泊好車，幫一平伯伯提著禮物，帶著宇宇和宙宙，大家說說笑笑，陸續走進了家門。

子平還沒等大家坐下，就把禮物送給三個外孫，口

裡念念有詞，說：「小乖乖，聽教聽話，快高長大，將來當高官，賺大錢，好好孝順父母……」

幾句話，雖然有些俗氣，卻也是大人望子成龍、望女成鳳的期盼。

天恩對宇宇和宙宙說：「去，親親外公，記住向外公說『多謝』呀。」

一平輕輕摸著兩個外孫的頭，嘴裡不停地說：「乖、乖……」

晚上，子儀去哄三個孩子睡覺，天恩陪岳父和母親說話。天恩關心地問：「岳父，母親，近來身體還好嗎？」

「你岳父的身體近一兩年來都不好，吃得少，睡眠差，還無端端昏迷過幾次。要他去檢查也不聽，在農莊還要騎馬，有一次摔下來，幸好沒出事。你要子儀好好說說他。」素貞語帶責備，但更多的是關心。

一平聽了素貞的話，立即對天恩說：「天恩，你媽的話誇大其詞，我沒有事，身體好著呢！天恩，你千萬不能告訴子儀，她工作繁重，孩子多，再操心老爸的話，壓力太大了。你也不想她這麼辛苦的，是吧！」

一平的病情，他自己知道，多年來，心血管一直欠通

暢，早年胃部因腫瘤切除了一部分，近年來腎功能又不斷下降，可以說是百病纏身、病入膏肓了。要不是年輕時習武，有些武功根底，他早就倒下了。這一切，為了不讓家人擔憂，他都是三緘其口，隻字未提的。現在能行走如常，也是上天的保佑，他已經知足了。想到這裡，他對天恩說：「天恩，你也不要擔心，過兩天，我一回香港就去你媽媽的醫院檢查。」

「好吧，岳父，你可要說話算話呀！不然，子儀是不會輕饒我的。」

「一定，一定！」

素貞看見偉偉坐在那裡，一直沒有機會開口，便關心地問偉偉，說：「偉偉，你的爸爸媽媽還好嗎？你的太太孩子還好嗎？」

「謝謝姑姑關心，大家都很好。他們要我代他們向姑姑、一平伯伯問安。」又說：「姑姑，幸虧您去年提醒，說世界經濟形勢可能有變，環球股市會有較大的下跌風險。從那時起，我們華揚集團有限公司在股市就採取了『趁高出貨，只賣不買』的策略。」

「不出所料，二〇〇七年八月至二〇〇八年八月全球金融海嘯期間，美國道瓊斯工業指數由 14,100 多點跌至

8,400 多點；香港恒生指數也由 31,900 多點跌到了 10,600 多點。今年（即 2008 年）十月，我們公司的金融團隊經過詳細分析，一致認為世界金融海嘯已近尾聲，我們才在美國和香港股市分批趁低吸納。所以，在這次世界金融海嘯中，我們華揚集團有限公司在股票市場沒有損失。」

「偉偉，做得好！」素貞大聲稱讚。

一平忍不住問道：「偉偉，地產呢？」

「一平伯伯，我這次是帶隊專門來美國處理地產業務的。子俊和天惠在香港太忙，因此，你們東方開發公司在美國的地產業務，子俊已委託我代為處理。」

這時，天恩說：「全球金融海嘯主要是由雷曼危機和美國次貸危機引發的，所以美國房地產目前處於最低谷，人們都不敢貿然入市。因此地價、房價特平，我想，這正是我們出手的好時機。」

「是的，天恩講得極是！」偉偉贊同，又說：「一平伯伯，我們兩家公司已經在美國最有發展潛力的地區，儘我們的財力，趁低價購買了大量的土地和房產，您老放心吧。不過，因為這次金融海嘯影響深遠，全球各國都受到了嚴重衝擊和重大損失，尤其是美國。聽說美國政府接手聯邦住房貸款抵押機構『房利美』（Fannie Mae）和『房地美』

（Freddie Mac），還花了一千八百幾億美元的天價贖救美國國際集團（AIG）。現在，多間國際評級機構都估計美國經濟將會嚴重衰退，需要一段較長的時間才能逐步恢復。所以，我們兩家公司在房地產上的收益，五年見成效，十年賺大錢。」

這時，子儀哄三個孩子睡著了，出來開了一瓶香檳，給各人倒滿酒杯，說：「偉偉講得好，來，為我們十年賺大錢乾杯！」

大家舉杯碰在一起，滿懷信心地說：「乾杯！」

第二天，吃過早點後，偉偉開車載素貞、一平去新買的別墅。天恩則打算陪同母親和岳父在那裡小住，他還像兒時一樣，挽著母親的手臂，有點撒嬌似地說：「媽，還是你最聰明，五年前租住過的別墅，五年後才買，真是站得高看得遠！你永遠是我的偶像。」

偉偉邊開車邊說：「姑媽不光是你的偶像，也是我們大家的偶像。」

素貞聽了兩個孩子的話，很開心。這種開心，不是因為被孩子們尊為偶像，而是因為她強烈地感受到孩子們對母親的依戀和深愛。她既為孩子們感到驕傲，也為自己是一名母親而感到自豪。於是她笑著說：「不要把

244

媽咪捧得太高，我會畏高的，跌下也會很痛的。」

「媽咪，不會的，有我接著你呢！」天恩馬上說。

素貞、天恩兩母子幽默的對話，掀起了滿車的笑浪。

素貞五年前從華教授的懸壺研究所出來，租用這幢別墅讓大家小住了一個多禮拜。這幢別墅的面積比她在香港淺水灣的別墅更大一些，其布局和建築也別具一格，既有中國江南小橋流水、雅亭飛簷的古典風韻，又充滿了獨特的歐陸風情。置身其中，如在畫中。

素貞此時低價買下這幢別墅，可謂得償所願。

因為要去喝子俊和天惠第三個女兒的滿月喜酒，素貞和一平在別墅小住了半個月，便乘坐客機返回香港。

子俊、天惠已有兩個兒子，大兒子叫志豪，二兒子叫志傑。兩夫妻求神拜佛，祈求觀音娘娘再恩賜一個女兒。兩年後，觀音娘娘垂憐，真的給他倆添了個女兒。

子俊和天惠都已年過五十，在現代人的眼裡，正是年富力強的人生階段，但若然在過去，應該說已步入老年了。此時喜添千金，也可以說是老來得女了。夫妻倆喜出望外，想給女兒取一個好名字。倆人思來想去，幾天也沒有給女兒琢磨出個合適的名字。

這天，天惠佇立在窗前，和子俊一起苦苦思索女兒的名字。突然，她覺得眼前有一道祥光，把整個房子映得一片輝煌。她抱起女兒，一起沐浴在這光輝之中，感覺到前所未有的溫暖、吉祥。

天惠似有所悟，她看了看懷中的寶貝女兒，對一直陪在身邊的子俊說：「子俊，我們的寶貝女兒就取名為『祺玥』吧。祺，即吉祥；玥，即寶玉；祺玥，即吉祥的寶玉。寓意為：吉祥如意的寶貝女兒。」天惠頓了頓，又說：「子俊，我們的寶貝女兒是上天恩賜的，來，我倆一起跪下三叩首，以感恩天地，感恩觀音娘娘。」

「好！」子俊應著，扶著天惠雙雙跪在地上，恭恭敬敬地向天叩了三個響頭。

祺玥滿月那天，各方親友都來慶賀。爺爺一平、外婆素貞，還有長輩永祥夫婦、小青夫婦、大葵夫婦、錦鴻夫婦，與子俊、天惠平輩的有楊宏夫婦、楊偉夫婦、天恩夫婦等等，與小祺玥一輩的大朋友、小朋友就更多了。一句話管總，小祺玥的滿月宴，的確是空前盛會，賓客滿堂。大家同祝祺玥：福緣綿綿，富貴滿滿。

## *14*

　　一平近年來，老是覺得自己頭暈腦脹，胸悶氣促，全身乏力，腳浮步顫。這一個月來的奔波勞累，要是在以前，只當是一種享受。可如今，竟覺得心力交瘁，瀕臨崩潰。但是，在這喜事連連的日子裡，他還是挺著，硬挺著，拼命也不讓自己倒下。

　　素貞回到自己一手創辦的華揚集團有限公司，還沒有到大門口，筆直站在那裡的警衛員已把大門拉開。素貞點頭微笑，還沒等警衛員作聲，就向警衛員問好，說：「早晨！」

　　警衛員有點驚慌，連忙舉手敬禮，說：「董事長，早晨！」

　　素貞直接走向自己的辦公室，沿路遇見的職員都向她說：「董事長，早晨！」

　　她也微笑著說：「早晨！」

　　素貞慢慢推開辦公室的門，撲面而來的是淡雅的桂花芬芳。辦公室內，一切擺設如常，地毯柔軟平整，茶几一塵不染。靠海的落地大玻璃窗的窗簾已經拉開了，太陽初

升的光芒照耀著她，頓時感到無比的溫暖和舒暢。

素貞站在窗前，望著碧藍的維多利亞海港，只見海上大小船隻來往如梭，九龍半島摩天大樓林立……此情此景，讓素貞不禁思緒萬千。她想，五年前，自己離開華揚集團有限公司，去美國佛羅里達州華教授那裡治病，像是去鬼門關走了一遭。要不是上天垂憐保佑，自己可能早已死於非命。現在回來，覺得一切都變了，但是怎麼變了，又好像說不出一個所以然來。

素貞收回眼光，回到辦公桌前，她看見了桌上那塊寫著「董事長許素貞」六個金字的銘牌，驀地明白了，她自言自語地說：「是的，變了，應該變了。人事在變，地點在變，時間也在變……但是，有一樣是不能變的，那就是『初衷』。對，永遠不變的『初衷』！」

當天晚上，素貞在淺水灣別墅擺設家宴，宴請永祥、紫嫣，以及宏宏、偉偉、天恩、天惠四家。宴後，素貞把大家帶到敬祖堂，那裡供奉著白家、許家、萬家、楊家先人的牌位。

在那裡，大家依次虔誠地上香叩拜，禮畢之後，素貞對大家說：「我受乾爹乾媽之托，打理萬氏製衣廠六十五年，承蒙大家努力，現在萬氏製衣廠已發展為華揚集團有限公司。我現在功成身退，把公司交還給永祥

弟，並建議由楊宏和楊偉擔任正、副董事長。」

永祥聽了素貞的話，「咚」的一聲跪在地上，流著淚說：「大姐，你這樣說，我斷不能接受。華揚集團有限公司是大姐一生的心血，沒有大姐，就沒有華揚！大姐，我求你收回成命。」

這時紫嫣也跪下哀求說：「請師父收回成命！」

看見父親母親這樣，宏宏、偉偉兩家也都跪下，宏宏和偉偉齊聲懇求，說：「請姑姑收回成命！」

素貞見永祥他們這樣，激動萬分。但是，初衷決不可以更改。於是，她連忙扶起永祥和紫嫣，對宏宏、偉偉他們說：「你們也快起來吧！」

待大家坐下，情緒平伏之後，素貞好言相勸，她說：「你們想想，沒有萬氏製衣廠，能有華揚集團有限公司嗎？把華揚集團有限公司交還給永祥弟，是天經地義的，也是我的初衷。你們可不要陷我於不仁不義啊！」素貞頓了頓，又堅定地說：「好了，你們的心情我完全理解，也很感動，但此事就這樣定了，不必再議。」

宏宏和偉偉都知道姑姑的脾氣，每次公司開會，只要是姑姑說了「不必再議」這四個字，就是板上釘釘，鐵定。於是，不敢再言，只有接受了。

送走了永祥、紫嫣、宏宏、偉偉等人，素貞看著天空中那一輪似鏡的月亮，它冰清玉潔，把那如水的月光灑向人間，讓大地生輝，讓江海閃光。

　　素貞握著天恩、天惠的手，深情地說：「孩子啊，我們來到這個美麗的世界，待人處事，就要像月亮那樣明清，就要像太陽那樣火熱。記住了啊！」

　　天恩、天惠聽了母親語重心長的話，齊聲說：「母親，孩兒永遠銘記你的教誨！」

　　素貞很欣慰，說：「好！乖！」

　　第二天，素貞在華揚集團有限公司召開了董事局大會，並邀請了六部主管列席。素貞首先感謝大家這麼多年來對公司的貢獻，勉勵大家再接再勵，爭取更好的成績。

　　然後，素貞嚴肅地說：「各位同仁，我現在鄭重宣布：一、我，許素貞，即日起，退出董事局，並解除華揚集團有限公司董事長之職務；二、即日起，華揚集團有限公司董事長由楊宏先生擔任，華揚集團有限公司副董事長由楊偉先生擔任；三、華揚集團有限公司的股權分配如下：楊宏、楊偉各持 30%；白天恩、白天惠各持 15%；許大葵、許小青各持 5%。以上三項，即日即時生效，

希望在座各位及公司全體員工齊心合力，將華揚集團有限
公司發揚光大。」

　　這時，楊宏帶領大家起立，齊聲說：「是！老董事長！」

　　素貞將華揚集團有限公司的管理權平穩地移交給楊宏與楊偉，心情舒暢愉悅，正想約一平出來飲茶聊天，卻接到子俊的電話，說父親在家中突然暈倒，現正在華揚集團有限公司附屬醫院搶救。素貞馬上坐車，飛速趕到醫院。幸好，素貞趕到病房時，一平已經蘇醒過來了。素貞給一平拉了拉肩邊的被角，關心地說：「一平，怎麼了，老毛病又犯了？」

　　一平兩眼無光，臉色灰白，聽到素貞的聲音，艱難地睜開眼睛，扯了扯嘴角，裝著若無其事地說：「沒事，死不了。」

　　「早就讓你看醫生，非要拖。」

　　「沒事的，你放心。」一平強裝笑臉，反過來安慰素貞。

　　這時，子俊送來了天惠專門熬的雞湯，素貞立即盛了一碗用湯匙餵一平喝，但一平喝不了兩口，就都吐出來了。

　　「暫時不喝了，你睡一會，醒了再喝。好了，快睡

吧！」素貞說完，吩咐子俊好好照看父親，自己輕輕走出病房，去找江院長。

江院長就是曾經護送素貞去美國佛羅里達州醫病的江醫生。飛機在百慕達三角失事墜海，但他大難不死，回到香港後，不僅成了眾所周知的新聞人物，還不斷榮升。沒幾年，便成為了華揚集團有限公司附屬醫院的院長。他哪裡知道，要不是觀世音菩薩慈悲垂憐，著令小青護其周全，他怎麼會有今天。

當時，小青領觀世音菩薩法旨，要護曾機師和江醫生周全。她不敢怠慢，立即調集海中的蝦兵蟹將，張開方圓一公里大的聚雨盆，請來崑崙瑤池之仙水注入盆中。然後，從空中接住二人，輕輕浸入水中，讓仙水在他們皮膚外形成一層厚厚的保護膜，保護二人身體不受任何不良液體的侵蝕。然後，小青送走仙水，再喚來死海不沉之水，注滿聚雨盆，讓二人浮在水面上。直到曾機師和江醫生被天恩救起，小青才將這不沉之水送回死海，讓蝦兵蟹將把那聚雨盆交還龍宮。

這種玄之又玄、神之又神的事永遠是個謎，令人想得到，卻看不到、摸不透，江醫生又豈能知道。

江院長聽說老董事長來到，馬上到一平叔的病房來看望，剛好素貞還沒走出病房。江院長向素貞深深一躬，說：

「老董事長，感謝您的栽培之情、知遇之恩。」

「江院長，這是你努力得來的，千萬不要謝我。你快來給你一平叔看看，到底情況如何。」素貞說。

江院長給一平仔細地檢查了一遍，然後邀請素貞去院長室小坐茶敘。

在院長室裡，江院長召來了以一平主治醫生為首的治療小組，五位專科醫生就一平的病情分別向素貞作出了詳儘的匯報。

最後，江院長說：「老董事長，通過幾次會診，確認一平叔的心、胃、腎的功能已經嚴重衰竭，他能撐到今天，實屬奇跡。」

江院長心情沉重，緩了緩又說：「老董事長，如果一平叔早點就醫，也許還有辦法延續一下生命，可是現在……」

看見江院長和幾位醫生難過無奈的樣子，素貞說：「我知道你們儘力了，告訴我，你一平叔還有多少日子？」

江院長沉痛地說：「老董事長，剛才我們討論了一下，一致認為，大概還有一至三個月吧。」

素貞離開院長室，向一平的病房走去，她覺得自己的兩條腿就像灌了鉛似的沉重。

素貞來到病房，坐在一平的床邊。此時，一平還處於時而清醒，時而昏迷的狀態。素貞看著一平枯黃而憔悴的臉，看著這位她欲放下卻始終未能完全放下的男人，想到一平在白氏山莊馬場為救她而以死相搏的險況，想到近幾年來一平為安慰她而捨命相陪的情景……素貞想著，想著，只覺得那一陣陣的心酸，一陣陣的悲苦，一陣陣的淒涼一起湧了上來，猛烈地衝擊著她心的堤壩，使她感到無比的無助，無比的孤獨，無比的痛苦，不由得淚如雨下。現在，一平就要走了，就要永遠地離開她了，她除了時時刻刻地陪伴在他的身邊，還能為他做什麼呢？

這天，一平的精神特別好。上午，他讓子俊、天惠帶著孫兒志豪、志傑和孫女祺玥來看他。下午，素貞陪他在醫院的花園散步。走了一會兒，累了，就在路邊長木凳上坐下休息。

一平說：「素貞，有你陪著我在花園散步，我感到特別幸福。以前的一切煩惱、委屈、辛勞都煙消雲散了。」

「我知道，你太太走得早，你一個大男人又要工作，又要將兩個孩子拉扯大，的確很不容易，你一定吃了很多苦。」

「為了孩子，再苦再累，心也是甜的。我這個人，最怕的就是別人冤枉我。」

「你這麼說，是表示曾經受過很大的冤屈嗎？」

「是的。」

於是，一平向素貞訴說了一段痛心的往事。他抬起頭，望向遠方，仿佛回到了過去。他慢慢地說：「素貞，那是很久很久以前的事了……那年，我離開白氏山莊後，和父親母親一起，漂洋過海，輾轉去到馬來西亞，跟隨父親做生意。在一次飯局上（也許是特別安排的），我認識了父親好友的女兒尹伊卿，雙方第一印象還可以。不幸的是，不久以後，我的胃因病被切除了一小部分。儘管只是一小部分，對身體還是造成很大影響。但是，伊卿不但沒有嫌棄我，還日夜悉心地照顧我。所以，我病癒之後，就和伊卿結為了夫妻。婚後一年，我們有了子俊，婚後五年我們又有了子儀。但這幾年，我的父母相繼去世，馬來西亞的生意也愈來愈難做。我和伊卿經過一番評估，決定移居香港，再圖發展。」

一平說到這裡，心情開始沉重起來。也許是講得太久，臉上顯出疲憊的神色。但他還是堅持著繼續往下講。他說：「來香港三年後，我們一家終於安定下來，地產生意也有了起色。正當大家高興的時候，有一天，伊卿

突然在公司昏倒了。我立即撥打『999』將她送到醫院搶救，但是，返魂乏術，伊卿就這樣一聲不響地走了。那時子俊十七歲，子儀才十三歲。我看著一對尚未成年的兒女，想到與伊卿近二十年夫妻生活的情景，悲痛萬分，淚流滿面。但是，就在這個時候，有人竟說我謀害髮妻，另結新歡。當時氣得我⋯⋯」

　　一平說到自己被冤枉之事的時候，心情倒比較平靜。不過，素貞卻有些義憤填膺，斥責說：「這些人是看小說看多了吧。真是太過分了，這不是往你的傷口上撒鹽嗎？」

　　「素貞，你不要為這些人生氣，沒有意義。你聽我說，後來醫院的死亡報告說伊卿是因為心臟病突發、心肌梗塞，經緊急搶救無效而走的，那些人也就無話可說了。也許是他們太關心伊卿了，關心則亂，人之常情，也是情有可原的。」

　　「一平，你真善良，什麼事都為別人著想。」

　　「也不是所有的事都這樣。」一平笑了笑說。

　　「哪一件事是為你自己想的？」

　　一平聽了素貞的問話，顯得有些尷尬，但他還是告訴了素貞。他說：「素貞，那就是我對你的愛，我一直都在堅持。我知道，你心裡只有仙石，所以，我不勉強你，我

會把對你的這份愛深藏在心裡，只要看到你開心，我也就開心了。」

素貞聽了一平的話，很感動，在心裡說：「傻瓜，你還是在為我和仙石著想呀！」素貞一邊想著，一邊對一平說：「一平，你不要想得太多，你看，天老爺都幫忙，讓我們成為了兒女親家，這不，我和你不是天天在一起嗎？」

「素貞，你講得對，我知足了。」一平馬上說。

一平講完，覺得有些氣促，又有些頭暈，於是急忙靠在長凳背上。他閉上眼，張開嘴，臉色有些黃紫。

素貞看見一平突然變成這個樣子，有些心慌，急忙叫護士用輪椅把他送回病房，召喚醫生進行緊急搶救，好不容易才讓他緩過一口氣來。

是日將近子夜，陪伴一平快一天一夜的素貞實在太累太睏，竟伏在一平的病床邊睡著了。子俊見岳母為了照顧父親，累成這個樣子，也不忍心叫醒，輕輕給岳母蓋上一件大衣，自己就坐在父親床頭照看著。

午夜過後，病房裡靜得連一根針掉在地上都聽得見。四周死一般的沉寂，子俊不禁有點心驚。突然，一種不祥的感覺襲上心頭，趕忙往病床上看，只見父親臉上沒

寞寞歲月

有什麼異樣，但雙眼卻睜著。子俊摸著父親逐漸冷卻的額頭，意識到父親已經悄悄地走了，永遠地離開了這個人世間。子俊的眼淚從眼裡無聲地湧出來，流到了臉上，流進了嘴裡，浸濕了腮幫，一顆一顆的，滴落在衣襟上、病床上，滴落在父親的身上。

此時，素貞驚醒過來，她流著淚，拉著一平的手，輕聲呼喚著：「一平，一平……」

素貞看見一平的右手緊緊地握著一塊玉佩，她知道一平的心思，便從一平的手中取出了那塊玉佩。那是一平一直想送給她以示愛慕的玉佩。素貞說：「一平，我會永遠記住你的，你安心走吧！」

一平似乎感覺到素貞拿走了那塊他在心裡珍藏了一生的玉佩，又似乎聽到了素貞親切的呼喚和囑咐，他終於安祥地閉上了眼睛。

子俊和子儀把父親安葬在母親的墳墓旁邊，讓他倆在地下團聚，相互照料，永為伴侶。

## 16

　　天恩協助子俊處理好岳父的後事，和子儀一起，想接母親去美國紐約小住。子俊帶著天惠來看望，也力勸岳母外出走走，散散心。這時，站在素貞身後的小青說：「姐姐，俗話說，『故人已乘仙鶴去，青山依在碧水長』，你也不要太過悲傷，以後的日子還很長，還有很多事等著你去做呢！」

　　素貞悲痛的心情一時難以平復，本不想遠行，但深知兒女、婿媳對自己深切關懷的心情，又聽了小青情真意切的勸說，她想，也罷，就趁有生之年，四處走走看看吧，說不定還會找到仙石呢。於是，素貞對眾人說：「好吧，我先去紐約住幾天，再去世界各地遊覽考察一下。不過，只要小青陪我去就行了，你們都各自忙公司的生意吧。」

　　「姐姐的決策英明。」小青又說：「姐姐，我提議讓大葵跟著，因為他以前經常去外國公幹，有經驗，叫他給我們姐妹倆當跑腿最合適。姐姐，你意下如何？」

　　素貞聽了，笑了起來，拍了拍小青的手說：「就你鬼主意多，算計到你大哥的頭上了。」

「我是給他找了一份美差，別人想去都沒門呢！」小青的一句話把大家都說笑了，原先悲哀的氣氛也沖淡了許多。

沒等素貞發話，大葵急忙說：「給老董事長當跑腿，真是天上掉下來的好事，我願意，我願意！」

素貞見大葵這樣爽直，心裡高興，笑著說：「好，那你就跟著吧！」

大葵見老董事長應允了，興高采烈，永祥、紫嫣及一眾兒孫們也為之高興起來。

第二天，素貞和小青、大葵坐她的私人飛機前往美國，在紐約的別墅住了一個月有餘。這天，天恩、子儀帶著三個孩子又來看望素貞。飯後，素貞與大家商議起了下一步的行程。天恩說：「我建議母親先去法國巴黎看看。」

「天恩，你對巴黎很熟嗎？快給我們講講。」素貞問。

「因為工作關係，我和子儀常去法國，也因此對巴黎比較熟悉。巴黎（Paris），是法蘭西共和國的首都，地處法國北部巴黎盆地的中央，是世界五個國際大都市之一。」

小青忍不住打斷了天恩的說話，問了兩個問題，她說：「天恩，另外四個是哪些城市？巴黎有什麼好玩的地方嗎？」

子儀遞了一杯茶給天恩，替天恩回答說：「另外四個城市是紐約、倫敦、東京和香港。青姨，您問巴黎有哪些好玩的地方，那可多了。如凱旋門、巴黎聖母院等等，不過最有名、最值得一看的是法國人眼中的『鐵娘子』。」

　　小青更加好奇，趕緊問道：「鐵娘子是誰？長得有姐姐好看嗎？在哪裡可以找到她？」小青像連珠炮似的發問惹得大家都笑了起來。

　　大葵說：「小妹，你搞錯了，法國人眼中的『鐵娘子』不是人，是巴黎鐵塔。」

　　「大葵講得對，法國人眼中的『鐵娘子』是指巴黎鐵塔。」天恩說。

　　小青有點尷尬，旋即笑了笑，自我解嘲地說：「那就請天恩先生詳細說給愚姨聽聽吧。」

　　「青姨，有很多人聽了那句話都和您一樣的反應，很正常的。」

　　「不知道就是不知道，天恩，你不要安慰我，還是介紹一下這位『鐵娘子』吧。」

　　「好的，青姨。巴黎鐵塔是鐵製鏤空塔，英文名

『Lattie Tower』，法語為『La Tour Eiffel』，此塔高 324 米，重約 10,100 公噸。」

「哇，只聽說巴黎鐵塔，沒有想到它會有這麼高、這麼重！」

「大哥，你可不可以等天恩講完了再發表感嘆呀！」小青有點埋怨，又說：「天恩，繼續講，你看，你媽媽正聽得有趣有味呢！」

「好，你們耐心一點，聽我講完。巴黎鐵塔又叫艾菲爾鐵塔，位於塞納河南岸法國巴黎的戰神廣場上，由著名建築師、結構工程師古斯洛夫‧艾菲爾（Alexandre Gustave Eiffel）設計，於 1889 年修建而成。艾菲爾鐵塔曾是世界上最高的建築物，一直都是法國文化象徵之一，也是巴黎的地標性建築，因此被法國人愛稱為『鐵娘子』。」

「天恩，講得好，講得好精彩！」小青、大葵一起鼓掌讚揚。

「你們去實地看看，那才真叫精彩呢！」子儀說。

一直當聽客的素貞說：「好，武機師，你明天準備一下，我們後天就去法國巴黎。」

到巴黎的第二天，天氣晴朗，風和日麗。素貞與小青、

大葵、武機師用過早餐，便驅車前去參觀艾菲爾鐵塔。

素貞來到戰神廣場附近，遠遠看見巴黎鐵塔高聳入雲，有如一柄鐵鐧鋼鞭，是那樣的沉著穩固，是那樣的堅強有力。

素貞覺得自己好像又回到了青壯時期，渾身充滿了力量。小青走過來，挽著素貞的手臂，說：「姐姐，聽說艾菲爾鐵塔有上、中、下三個瞭望臺，分別離地 207 米、115 米、57 米，我們先上頂層瞭望臺，好嗎？」

「好，聽你的。」素貞隨遇而安，樂聽小青安排。

小青轉頭對大葵和武機師笑笑，說：「兩位男士，請前面帶路吧！」

於是，四人開開心心乘升降機直上巴黎鐵塔最高層。

素貞站在瞭望臺向四處眺望，整個巴黎市的迷人風景儘收眼底，頓覺心曠神怡，無比的舒暢。

巴黎鐵塔最高層瞭望臺沒有餐館，只有一家飲品店。小青買了一杯熱鮮奶端給素貞，說：「姐姐，一邊品嚐鮮牛奶，一邊觀賞巴黎市的迷人風光，應該更加愜意。」

「青妹，還是你細心，想得周到。」

「姐姐，你不要誇我，我會驕傲的。」

「那你也買一杯飲料喝，慢慢去驕傲吧。」

素貞風趣的說話中滿懷著對小青的疼愛。素貞呷了一小口暖融融、甜絲絲的鮮牛奶，望著城市、河流、山巒，望著飄動的一朵朵白雲，望著蔚藍的天空，默默虔誠地向上天祈禱：願天下百姓永遠平安健康、幸福美滿。

素貞、小青等人飽覽巴黎市中心的美麗風景，不覺已是午後。接著，一行四人在第二層瞭望臺，又欣賞了遠方的凱旋門、羅浮宮等巴黎的最佳景象。

艾菲爾鐵塔下層的瞭望臺最大最寬敞，那裡有電影院、商店、餐廳等設施。正好大家都感到有些餓，於是就在餐廳裡選了一處較清靜的地方，四人圍著圓桌坐下，儘情享受巴黎的美食佳肴。

從艾菲爾鐵塔低層的瞭望臺下來，步出塔門，夜幕已徐徐落下。只見華燈初上，星星點點。不久，整個巴黎市便如燈的海洋，映得天空如同白晝。

素貞在戰神廣場漫步，遠遠地看那艾菲爾鐵塔，被千萬盞電燈點綴著、包裹著，放射出熠熠的光芒，就像一把倚天而立巨大的利刃寶劍。而頂天立地的戰神就站在那巨

劍的旁邊，默默地守衛著這一方和平安寧、美麗富饒的土地。

「素貞！素貞！」

素貞正轉身往回走，突然聽見一把聲音在呼喚她。那聲音好熟悉、好親切。素貞的心在驚喜地喊叫：「是仙石，是仙石的聲音，是仙石在呼喚我！」

素貞猛地轉身，看見仙石在不遠處呼喚她，並微笑著向她揮手。她正想向仙石撲去，但仙石已退到艾菲爾鐵塔那裡，和戰神並排站著，一樣的頂天立地，威武雄壯。風中傳來仙石關切的聲音：「素貞，善自珍重，旅途平安！」

素貞揉了揉眼睛，仔細瞧去，高聳的艾菲爾鐵塔那裡，沒有了戰神，也沒有了仙石。

素貞不禁一陣揪心的疼痛，她捂住胸口，搖搖頭，長長地嘆了一口氣，轉過身，一步一步艱難地向前走去……好久好久，素貞的心情才慢慢平復下來。

在回去的路上，素貞在轎車裡問大家今天參觀了巴黎鐵塔有什麼感想。大葵邊開車邊說：「艾菲爾鐵塔很壯麗！」

「艾菲爾鐵塔很壯觀！」坐在大葵旁邊的武機師接著說。

小青想了想說：「姐姐，我覺得艾菲爾鐵塔很有力量。」

素貞很感慨地說：「你們講得都對，艾菲爾鐵塔的確很壯麗，很壯觀，很有力量，艾菲爾鐵塔是堅強的化身，是力量的象徵。」

素貞在巴黎逗留了十天，帶著小青、大葵和武機師先後參觀了凱旋門、羅浮宮、巴黎聖母院等著名景點，每天都儘興而歸。

第十一天，素貞四人離開法國，去南非的卡拉哈里沙漠探險。這個總面積達五十七平方公里的沙漠與眾多大沙漠不同，因為它生長著大量的植物，還覆蓋著豐富的草場。由於人們大規模開採沙漠中的礦產，公路網、航空線及新的居民點也陸續建成。素貞興奮地說：「你們等著看吧，我估計，不久的將來，荒涼的沙漠一定會變成美好的綠洲。」

此後，素貞帶著小青、大葵，再乘坐武機師駕駛的飛機去加拿大黃刀鎮觀賞極光，又去南北極考察有「末日冰川」之稱的思韋茨冰川和冰雪覆蓋的北冰洋，探討冰川融化與地球暖化之間的關係……

三個月後，素貞與小青、大葵和武機師來到了星海農莊。

　　上官雲兒駕車到機場迎接，見到素貞的第一句話就是報喜。她對素貞說：「莊主，您在玉竹苑栽種的兩棵桂花樹今年開花了，而且花很多很香。」

　　「是嗎，等會去好好看看。」素貞喜笑顏開地說。

　　素貞等人坐車抵達星海農莊的時候，已近黃昏時分。素貞把行李放在玉竹苑的竹樓上，用過晚餐，就去看那兩棵桂花樹。

　　桂花樹，在素貞的心裡，是無比神聖、無比純潔的。因為，桂花樹是仙石和她的紅媒。八月十五這天晚上，明月高掛，仙石捧著一簇香噴噴的桂花，在桂花樹下向她求婚，親手把一枚特製的、精美的桂皮戒指戴在了她左手無名指上，給了她無比的溫暖和幸福。這一切，深深地銘刻在她的心裡，讓她永遠也不會忘懷。所以，每次買屋置業，她都要在那裡栽種兩棵桂花樹；每年的八月十五，她都要戴著那枚特製的精美的桂皮戒指，在桂花樹下，與心中的仙石一起度過。

　　今天，又是八月十五，素貞照樣戴著那枚仙石為她特製的、精美的桂皮戒指，來到了玉竹苑自己親手栽種

的桂花樹下。

　　素貞看著長得又高又大的桂花樹，用雙手輕柔地撫摸桂花樹樹幹，感到特別的溫馨。她倚在桂花樹上，望著天空中那輪皎潔的圓月，陶醉在陣陣清幽的桂花香氣之中。矇矓間，素貞覺得自己穿上了一襲美麗的婚紗。笑盈盈的月老飄然而來，帶著她，在桂花香氣的烘托之下，飛升到九霄天宮。宮殿內，金碧輝煌，祥光充盈，剛剛從新疆敦煌飛升而來的仙女們在妙妙仙樂之中翩翩起舞。

　　這時，素貞見到太上老君牽著仙石的手，將他送到自己的身邊。看著英俊的仙石，素貞不禁流下了熱淚。仙石連忙拿出白絲手帕替她沾乾眼淚，低聲溫柔地安慰她，說：「素貞乖，不要哭，不要哭啊！」

　　隆重的婚禮完成後，兩位小仙女飛在前面，喜鵲吹著嗩吶，鴛鴦在身後拉著婚紗長長的裙擺，眾仙女簇擁著仙石和素貞，沿著彩霞在雲鄉鋪上的紅地毯，將倆人送到了蓬萊仙境內最溫馨的洞房。

　　洞房內，素貞看著仙石俊俏的臉龐和深情的眼睛，張開雙臂擁抱仙石。但是，卻沒有抱住。仙石不見了！仙石不見了！素貞心急如焚，淚流滿面，立即四處找尋，大聲呼喚：「仙石！仙石！仙石……」

小青見素貞如此思念仙石，也為之難過流淚。急忙輕輕搖動素貞雙肩，喚道：「姐姐，醒來！姐姐，醒來……」

素貞醒來，依然悲痛異常，抽泣著向小青說：「青妹，仙石走了！仙石又走了……」

小青一邊給素貞擦乾眼淚，一邊安慰她，說：「姐姐，我們別亂想了！姐夫一定還在人間，姐夫一定會回來的。我們再耐心等等，姐夫一定會回來的。」

小青說著，和大葵一起扶著素貞上竹樓休息。

上官雲兒看見莊主這兩天不怎麼開心，於是在第三天親自揚帆，請莊主和小青、大葵、武機師遊覽白天鵝湖，觀賞碧水下的紅菱、金鯉，眺望晴空中的天鵝、百靈。

大家興高采烈之際，素貞的情緒也有所好轉，她說：「這裡的確是休假的好地方。」素貞轉頭吩咐站在身邊的小青，又說：「青妹，回公司後，你記得告訴董事長揚宏修改福利制度，以後公司幹部員工可分期分批來這裡度假休息。」

「是！姐姐，我記住了。」小青馬上回答。

## 17

一個月後的一天晚上，趁大家一起品茶聊天的時候，素貞說：「大家準備一下，過兩天我們就回家。」

「老董事長，回哪兒的家？」因為素貞在紐約、香港都有住地，所以武機師有此一問，以便確定航線。

「我們都是中國人，祖國就是我們的家。武機師，俄羅斯離中國新疆近，我們先去新疆喝夜光杯中的美酒，再去瞻仰首都北京。你把航線安排一下吧。」

「是！老董事長。」

素貞又問大葵，說：「大葵，去年你去過北京四環的京榮別苑，那裡的情況怎麼樣？」

京榮別苑是素貞多年前請人修建的一座以四合院為主體的院落。之所以選址於北京城近郊，是因為那裡比較清靜，適合當時分別在北京大學、清華大學讀書的弟妹家旺和家瑛。後來，兩兄妹學成歸故里發展，縱使來京公幹或旅遊，也只是小住十天半月。一直以來，都是大葵在打理這座別苑。

下部 都市行

「大姐，我已請人在京榮別苑長駐管理。今年初，我去天津辦事，特地去看過，一切井然，你放心吧。」

「大葵，你這個內地總管，退休不退職，很好很好！」素貞又對大家說：「我們到了北京，就去那兒，一人住一幢四合院，好不好？」

小青、大葵和武機師齊聲說：「好。謝謝董事長！」

「欸，不對，董事長前面要加『老』字噢。」素貞馬上糾正。

小青等三人立即改正，再齊聲說：「好，老董事長！」

說完，大家都開心地笑了起來。

第三天天氣很好，飛機早上起飛，當天就到了新疆烏魯木齊。晚上，大家就品嚐到了夜光杯中的葡萄美酒，翌日又去敦煌參觀莫高窟裡的壁畫。看到那栩栩如生的飛天仙女，不知怎的，素貞也有些衝動，仿佛自己也隨眾仙女飛舞，直上九霄天宮……

素貞在新疆逗留了近半個月，才乘機飛往北京。她坐在飛機上，耳邊還迴響著蒙古包前篝火旁優美的馬頭琴聲和西藏布達拉宮內朗朗的誦經聲。

「姐姐，快來看，那是青藏高原上的『天路』。」

小青的呼喚聲打斷了素貞的回想，她從飛機舷窗往下望去，只見一條長長的鐵路蜿蜒盤旋，一輛電氣化列車沿鐵軌在崇山峻嶺中穿行。這「天路」與清河、綠林、藍天、白雲，還有她乘坐的飛機，組成了一幅祖國山河的壯麗圖畫。

素貞對小青、大葵說：「很快就要去到我們國家的首都北京了，你倆看看有關北京的遊覽資料，晚上大家討論一下，看看怎樣安排行程。」

小青、大葵馬上回答道：「好的，大姐。」

飛機又穩又快，沒幾個小時，就降落在北京國際機場。

素貞三人在機場貴賓室休息，待武機師辦好有關手續，便一起乘專車返回京榮別苑。

京榮別苑內有八幢四合院，按八卦圖象，分別坐落在苑中的八個方位。別苑中心是八層高的聚賢樓，自下而上，分別為迎賢室、聚會室、運動室、娛樂室、辦公室、閱讀室、藏書室、眺望室。

聚賢樓的迎賢室有四個大門，每個門前有兩條大路，這八條大路分別通向八幢四合院。每條路段上都有水有橋，

有楊有柳，可謂優雅別致。

晚上，素貞在自己住的四合院中宴請小青、大葵和武機師。飯後一邊用茶，一邊討論遊覽北京的有關資料。

大葵很積極，率先發言，他說：「天安門是明代御用建築匠師蒯祥設計的，坐落在北京市中心，在故宮的南端。天安門以前叫『承天門』，清朝順治八年（公元1651年）更名為『天安門』。天安門前是人工河，名叫金水河，河兩岸各有一對石獅。金水河上架有七座漢白玉石橋，中間五座叫外金水橋。」

「過了橋就是天安門廣場。其東面是中國歷史博物館；西面是人民大會堂；南面是毛主席紀念堂；北面隔長安街過去是天安門城樓。天安門廣場中央聳立的是中國人民英雄紀念碑。」

素貞說：「大葵講得很好，很有層次感。小青，你發表一下高見吧。」

「姐姐，你又在取笑小妹了。」小青在大姐面前似乎有點撒嬌，噘著嘴說。

素貞疼著、哄著小青，說：「沒有，你每次都講得蠻好的。好了，快說吧。」

小青有點頑皮地說：「遵姐姐之令！」

於是小青就講了起來。不過，小青講之前，先問了武機師一個問題。她說：「武機師，你知道『三宮六院』的含義嗎？」

武機師雖然博覽群書，知識豐富，但在老董事長面前也謹言慎行，不敢輕易開口。素貞看見他這種欲言又止、小心翼翼的表情，知道他怕說錯話。於是鼓勵他說：「武機師，大家都是朋友，不必介意，隨便說。」

武機師聽了老董事長的話，才放下心來，說：「『三宮六院』自明代起泛指皇帝的后妃。」

小青沒有放過他，追問道：「明代以前呢？」

武機師馬上回答說：「明代以前，說法不一，一般來說，『三宮』指太皇太后、太后、皇后，『六院』則泛指后妃。」

小青笑了笑，說：「武機師，還有補充嗎？」

武機師搖搖頭，表示沒有。

小青說：「武機師剛才只是從皇帝後宮體系這個角度來講的，講對了一半。」

大葵有點等急了，說：「小妹，別賣關子了，快說來

聽聽，另一半是什麼？」

小青說：「另一半呢，我們從建築體系的角度去看，『三宮』是內廷中心，指乾清宮、交泰宮、坤寧宮，是皇帝、皇后住的地方。『六院』是指在內廷中心的東、西兩側各建造的六個小一點的宮殿，又稱『東六院』、『西六院』，那裡都是嬪妃住的地方。」

大葵聽出點問題，立即打斷小青的話，問道：「為什麼不叫『東六宮』和『西六宮』呢？」

小青一拍巴掌，說：「大哥，你問得真好！是這樣的，因為這東、西六宮都是以庭院格局興建的，所以稱『院』而不稱『宮』。」

大葵說：「我明白了，但你講了這麼多，只講了個『三宮六院』，還有其他的嗎？」

小青說：「大哥，三宮六院是紫禁城（即故宮）的內朝部分，相當於一半的紫禁城啊！」

這時，素貞說：「有意思！小青，紫禁城的另一半呢？」

小青說：「姐姐，紫禁城的建築分為外朝、內朝兩大部分，剛才講的『三宮六院』是內朝部分。而外朝部

分的中心則有太和殿、中和殿、保和殿。」小青喝了一口茶，繼續說：「紫禁城南北長 961 米，東西寬 753 米，四面圍牆高 10 米，城外還有寬 52 米的護城河，可謂『固若金湯』。其南有午門，北有神武門，東有東華門，西有西華門，是四通八達的。」

素貞聽得高興起來，連聲說：「好！好！好！北京城真是宏偉壯麗，我們多住些日子，儘情參觀遊覽。」

小青、大葵和武機師齊聲說：「好！」

第二天，素貞一身素裝，帶領小青等三人先去瞻仰毛主席遺容。他們來到毛主席紀念館，獻上了鮮花，然後在毛主席遺體前肅立，虔誠地三鞠躬。

素貞瞻仰著毛主席安詳的遺容，想到毛主席力挽狂瀾，帶領中國人民擺脫苦難屈辱，走上富民強國道路的光輝一生，不禁肅然起敬，熱淚盈眶。

素貞懷著悲痛的心情走出了毛主席紀念堂，帶領大家走到天安門廣場中央，在高聳的人民英雄紀念碑前，向為中國人民的幸福生活而前仆後繼、慷慨捐軀的英雄們獻花致敬。

素貞圍繞著人民英雄紀念碑走了一圈，她一排排、一個個仔細地看著碑上英雄形象的浮雕，心想：仙石，我的

仙石，你到底在哪裡？幾十年來，我找遍了全世界，始終看不到你的蹤影。是不是你也成為了英雄，為國為民獻出了自己寶貴的生命？如果真的是這樣，我為你感到驕傲和自豪。請你托夢告訴我，好嗎？拜托，拜托了！仙石！我的仙石！

素貞噙著淚從人民英雄紀念碑慢慢走下來，遠遠望著漢白玉石的金水橋和雄偉的天安門城樓。

這時，小青走來扶著素貞，大葵也走了過來，對素貞說：「大姐，前面就是長安街，從東單到西單，全長約 3.7 公里，以盛唐大都城『長安』為名，有『長治久安』之意。」

素貞站在天安門廣場上，眺望著長安街寬闊的街道和街道兩邊林立的高樓大廈，仿佛看見了一眼望不到頭的中國人民解放軍雄赳赳、氣昂昂地接受檢閱，仿佛看見了無邊無際人的海洋和鮮花與紅旗的海浪。素貞不由得激動起來，抬頭望向豔陽高照的天空，以無比虔誠的心祈禱：願祖國永遠富強！願人民永遠幸福！

接下來的日子，素貞不是去參觀歷史博物館，就是去遊覽頤和園；不是到人民大會堂參觀，就是到紫禁城遊覽……總之，一個月以來，沒有一天閒著。

寅寅歲月

雖然，時至初冬，天氣寒冷，但是素貞的心卻始終是那樣的火熱。

　　這天，素貞特別安排下午休息，讓大家養精蓄銳，準備明天去登長城，當好漢。

　　誰料到，剛到黃昏，天空卻有幾片雪花飄下。素貞站在四合院中間的場坪上，讓雪花隨意地飄落在頭上、身上。她抬頭看見一片雪花在空中蕩呀蕩的往下落，趕緊伸出手，張開了手掌。那雪花也乖，正正地落在了素貞的手掌心裡。頓時，素貞感到有一股清涼，輕柔地順著她手臂的經絡往上延伸，一直透進心房。而此刻由心房釋出來的一種美滋滋的感覺，讓她全身異常的舒坦。她的身子頓時輕飄飄的，似乎也想像雪花那樣在空中飄舞起來……素貞陶醉著，佇立在那裡，一動也不動。

　　「姐姐，雪越下越大了，快進屋裡去吧！」小青進門，看見素貞如痴如醉地站在院中的場坪上，一邊喊，一邊扶著素貞踏上台階，往屋裡去。

　　素貞這才清醒過來，說：「小青，你看，這片雪花在我的手掌心中融化了，它融進了我的心裡，我與雪真是好有緣！」

小青雖然不能參透素貞這些話中所包含的玄機，卻關心地說：「姐姐，你說什麼呀！快來，我給你把頭上和身上的雪弄弄，以免著涼。」

「青妹，不要擔心，沒事的。」素貞說。

大雪還在紛紛揚揚地下個不停，素貞想，明天去遊覽長城的計劃可能不行了，好吧，過兩天再說吧。

第二天早上起床，素貞推開窗戶一看，雪停了，天晴了。她急忙穿戴好，走出四合院。

「哇，美極了！」素貞情不自禁地叫出聲來。

她放眼望去，別苑內的樓房院舍、樹木花草……一切一切，全部都披上了銀裝。看著眼前雪白的一片，她突然產生了一種「高空俯覽」的奇想。於是，趕忙回屋，打電話讓武機師與北京國際機場聯繫一下，看看今日可否提供方便，讓她們在長城一帶飛行。

不一會，就得到了北京國際機場的答覆：完全可以正常升降飛行。

雖然昨晚下了一尺多深的大雪，而且有的地方還結了冰，但北京國際機場的人員隨時清除積雪，鏟除冰塊，保證各班航機的正常起飛、降落。

素貞站在機場上，雖然穿了羊毛大衣，但一股刺骨的晨風吹來，仍然覺得寒氣逼人。也許是素貞長期在溫暖的南方生活的原因吧。小青連忙把連在毛皮大衣領上的風帽給素貞戴上，扶著她沿舷梯進入機艙，選了一個靠窗的位子坐下，並替她繫上安全帶。這時，大葵送來了一杯龍井熱茶，關心地問道：「大姐，還冷嗎？」

「不冷。你們這麼殷切地照顧，我感到滿心的溫暖。非常感謝！」素貞說。

「姐姐，你謝他幹什麼呀，不就是讓他來給你跑腿的嘛！」小青頑皮地說。

小青的一句話，惹得三人都笑了起來。

這時，飛機已在藍天上平穩地飛行。素貞從窗口向下望去，只見城市、山巒、村莊、河流……全部被冰雪覆蓋，簡直成了冰雪的世界。再看那一輪紅日，在東方冉冉升起，給天上鋪滿了彩霞。那絢麗的陽光照在雪地冰川上，五光十色，熠熠生輝。

素貞忽然想起了中國偉大詩人毛潤之先生創作的詞《沁園春·雪》，情不自禁地輕聲朗誦起來：「沁園春，雪。北國風光，千里冰封，萬里雪飄。望長城內外，惟餘莽莽；大河上下，頓失滔滔。山舞銀蛇，原馳蠟象，欲與天公試

比高。須晴日，看紅裝素裏，分外妖嬈……」

「姐姐，這不就是寫現在的風景嗎，簡直寫活了！真是大氣磅礡，千古一絕……」

還沒等小青把話說完，大葵就喊了起來：「長城！大姐，快看，萬里長城！」

素貞聞聲往下看去，看見萬里長城隨著迤邐的山巒起伏連綿，一眼望不到頭。雖然被冰雪覆蓋，但其關隘、城牆、樓台皆清晰可見。素貞心想：「當年，成千上萬的民工為修築萬里長城而獻出了寶貴的生命；而後，在這萬里長城之上，又有成千上萬的熱血兒郎英勇奮戰，為保家衛國而獻上了無畏的忠魂。所以，這雄偉的萬里長城是中國人民用自己的血肉築成的，它宛如一條巨龍，一條有著中國心、民族魂的巨龍。」

素貞心情激動，一時間，仿佛覺得自己也變成了一條小白龍，和巨龍一起升騰飛舞，她的心，在和巨龍一樣地跳動……

飛機從素有「天下第一關」之稱的山海關順長城飛到玉門關，途經十三大關，即山海關、黃崖關、居庸關、紫荊關、倒馬關、平型關、偏頭關、雁門關、娘子關、殺虎口關、嘉峪關、陽關、玉門關，全長約六千多公里，

山山相連，關關相扣，真如玄燁詩曰：「地扼襟喉趨溯漠，天留鎖鑰枕雄關。」

素貞對小青和大葵說：「你倆看，萬里長城就是一條具有中國心、民族魂的巨龍，它有百折不撓的鋼鐵意志，可以抵抗任何威逼和磨難；它有無堅不催的強大威力，可以戰勝任何頑強的敵人。只要我們的心和祖國的心一起跳動，就能像萬里長城那樣強大而堅韌。」

小青和大葵一起鼓掌，稱讚說：「大姐的話，說出了我們中國人的心聲，好極了！」

……

## 18

　　許素貞等人從北京回到香港，已是二〇一三年的一月。許素貞把自己的私人飛機捐獻給了內地山區，用來興建學校，也不再用公司的轎車，出入都乘坐公共交通工具。

　　二月的一天，在香港中環德輔道中往上環方向右邊的人行道上，年邁高瘦的許素貞，拄著過頭的木拐杖，在夕照的餘輝中，蹣跚著，顫巍巍地向銀行走去。她身穿青褂、灰褲、布鞋，花白的髮髻插著一支閃亮的銀簪。鵝蛋形的臉上雖然布滿皺紋，卻依然透出幾分英氣。

　　銀行職員見她來，忙不迭地握住鍍金的把手，拉開兩人高的透明玻璃大門，將她迎進懸掛著五盞大型水晶吊燈的廳堂。這時，一位身穿西裝、樣貌標緻的服務員小姐走過來，恭敬地請她坐在棗紅色的沙發上，旋即奉上了一杯熱騰騰的香茗。

　　大堂內的空調溫度很低，許素貞不經意地拉了拉藍色的披肩。很快，一位衣著整潔、和藹可親的女經理走過來，問明來意後，便親切地攙扶著她乘升降機到銀行大廈的最底層。那裡，存放著上千位客戶的保管箱。

許淑貞坐在地庫貴賓房的沙發上，前面茶几上穩穩地擺放著剛從保管箱內取出的迷你保險盒。她望了望貴賓房緊閉的鐵門，把迷你保險盒看了看，摸了摸，然後開了兩重密碼鎖，再用胸前的心形吊墜嵌進面板的模型內。旋即，面板徐徐從右邊升起，直到與迷你保險盒垂直才自動停下。

　　迷你保險盒內，沒有金銀首飾，也沒有金磚銀錠，只有四個小小的絨盒和幾張票據。打開絨盒，其中三盒裝的分別是價值為二百二十萬英鎊、一百五十萬英鎊、一百一十萬英鎊的 20 克拉心形鑽石、5 克拉藍色鑽石和 3 克拉粉紅色鑽石。然而，第四個絨盒內卻不是鑽石，而是一枚用桂樹皮精心烤製而成的戒指。而票據，有三張是各購買 100 公斤黃金的收據，另外六張分別是北京、香港淺水灣、香港西貢、美國紐約、加拿大多倫多、俄羅斯伏爾加等地豪宅別墅的樓契和地契。

　　貴賓房的燈光有點強烈，照在鑽石和紙上紅色、金色的漆字上，那反射出來的光彩，讓許素貞覺得有點頭暈。她一件一件仔細地、輕柔地撫摸著，撫摸著，撫摸著……

　　她從迷你保險盒中取出裝有桂皮戒指的小絨盒，小心翼翼地放進胸前貼身的衣兜裡，再在衣服外面用手按了按，確認放穩妥了，才放下心來。然後，她把九張票據一張一張仔細地看了一遍，再一張一張小心地折好，疊在一起，放在迷你保險盒的底層。她又從另外三個小絨盒中取出閃

閃發光的鑽石戒指，逐一戴在中指上。她久久地注視著戒指上鑽石的璀璨光芒，摸了摸，親了親，笑了笑，便將這三枚鑽石戒指分別放回了三個小絨盒中，輕輕地按下絨盒蓋，再將這三個小絨盒呈心形放在九張票據的上面。素貞確認所有物品都安放好後，從面板上取出心形吊墜，看著面板自動徐徐向下，直到與迷你保險盒「咔」的一聲封蓋，才鎖上雙重密碼鎖。

一切都處理妥當了，素貞按響門鈴，請銀行女經理進來貴賓室。

迷你保險盒是用特殊金屬以特殊方法製造的，雖然堅硬無比，刀槍不入，卻甚是輕巧。所以素貞捧著迷你保險盒也很輕鬆。她在女經理的攙扶下，來到保險櫃前。然後在女經理迴避一旁後，便把迷你保險盒重新放進自己的保管箱內，再鎖好內、外兩道箱門。

這時，女經理輕輕走過來，親切地扶著素貞進入升降機，由銀行地庫回到了銀行大堂。

大堂裡，一位服務員小姐早已等候在升降機門口，見到素貞，馬上熱情地請她坐在紅色的絨面沙發上。而另一位服務員小姐立即走過來，把一杯暖暖的香茶，放在素貞前面的茶几上，並禮貌地說：「許女士，請您慢用！」

# *19*

　　許素貞從銀行出來，乘坐巴士返回了淺水灣家中。她走進臥室，把一個信封放在枕頭旁邊。信封裡有一條連著心形吊墜的項鍊和一枚銀簪，還有一封給天恩、天惠的信。信中寫道：「天恩、天惠，媽媽要走了，我的私人財產已經全部捐給了扶孤敬老愛心基金，只有將我常年佩戴的這條項鍊和這枚外祖母傳下來的銀簪分別留給你倆。希望你倆用自己的雙手去創造更美好的未來。」

　　當晚，素貞鄭重地戴上了仙石送給她的，特製的、精美的桂皮戒指，爾後，熄滅了房中所有燈火。她靜靜地躺在床上，心境異常平和……黑暗中，素貞似乎看見了一絲微弱的閃光，那是代表她自己生命和人生的一團光。素貞看見那團光在儘頭的一扇門前停了下來，似乎有點猶豫。素貞就說：「我寶貴的生命和精彩的人生啊，推吧，勇敢地推開那扇門吧，門外應該是嶄新的世界。」

　　終於，門「嘭」的一聲被推開。恭候在門外的仙樂飄飄和瑞氣盈盈相繼湧了進來，扶著素貞走出去，坐進了早已停靠在門外的那輛花車。

　　那是素貞幾十年來風裡來雨裡去，給弱勢社群運送生

活物資的手推車呀！此時，它被千萬朵鮮花包裹著，洋溢著沁人的芳香。

瑞氣盈盈托著花車，在仙樂飄飄的引領下，騰雲駕霧，瞬間便來到了南天門。素貞一眼望見身穿白色仙袍的觀世音菩薩立於南天門前，立即下車跪下叩拜，恭敬地問安：「素貞恭請觀世音菩薩仙安！」

觀世音菩薩微笑著說：「素貞免禮，快隨我去拜見玉皇大帝，恭聽聖旨吧。」

說罷，觀世音菩薩法袖一揮，素貞頓時換上了新裝，跟隨在觀世音菩薩身後，向九霄祥雲繚繞的金鑾寶殿飄然而去。

玉皇大帝的七位公主聽說早已享譽天庭的素貞要來朝拜父皇，也都興致勃勃地來到大殿，坐在父皇身邊，等待素貞的到來，想一睹她的風采。

隨著寶殿門外傳報官報告的聲音，觀世音菩薩帶領素貞進入了寬闊的殿堂，恭敬地向玉皇大帝稟告：「稟報玉皇大帝，素貞領到！」

七位公主和眾仙家的目光一同向素貞望去，只見素貞頭戴銀盔，身披銀甲，腳踏銀靴，在紅色披風的襯托下，渾身散發出青春的光彩。她穩穩地站立在殿堂中央，

面容淡定，身材娟好，嬌美中透出豪爽的英氣。

七位公主驚喜地跑過來，圍著素貞，讚不絕口。這時，大公主拉著素貞的手，說：「素貞妹妹，你風姿綽約，氣宇軒昂，行俠仗義，造福人類，乃我女輩之楷模，是名副其實的巾幗英雄。」

素貞抱拳躬身施禮，謙遜地說：「感恩大公主謬讚！素貞功德平平，著實惶恐。」

玉皇大帝見了素貞，非常欣喜，對七位公主說：「你們與素貞今後說話的機會還很多，暫且退下，讓素貞聽封。」

七位公主欣然退去，素貞慌忙跪下，俯首恭聽玉皇大帝賜封。

這時，玉皇大帝親自朗讀宣旨，他說：「素貞，你辛苦修煉五千年，上繫天庭，下達民間，救苦難之百姓，護錦繡之河山，現在功德圓滿，本大帝封你為『白雪龍女』，專司瑞雪。」

素貞聽見玉皇大帝賜封自己為「白雪龍女」，感激涕零，一拜再拜，說：「感恩玉皇大帝厚愛！素貞定不負玉皇大帝重望！」

玉皇大帝疼愛地說：「好，去吧！」

素貞再次叩謝玉皇大帝，起身感恩七位公主，感恩觀世音菩薩，感恩眾位仙家，轉身步出大殿。

只聽一聲龍吟，只見銀光一閃，素貞化為一條小白龍，飛出南天門，飛向人世間。她決心把瑞雪年年代代普降在大地，她決心歲歲月月把甜甜蜜蜜的日子帶給人間。

蜜蜜
歲月

下部 都市行

# 尾聲

　　許素貞離世的消息一傳十，十傳百，很快就傳遍了整個香港。人們紛紛走上街頭，聚集在街道兩邊，來送別這位曾經叱咤商界、宅心仁厚的女強人，送別這位長期默默地協助警方鏟除罪惡、維護社會治安的女飛俠，一時萬人空巷。

　　被無數朵雪白的鮮花層層包裹、疊疊簇擁著的靈車在人們的啜泣聲中徐徐駛過。是的，它載走了素貞的遺體，但是，素貞甜美的音容笑貌和她濟世救人的高貴精神、品德卻永遠永遠地留在人們心中。

　　第二年農曆八月十五，有一位戴著桂皮戒指的老將軍和天恩、天惠一起站在素貞高大的墓碑前。老將軍恭敬地給素貞獻上了一束香噴噴的桂花，那桂花枝上，繫著一枚白雪雪的雨花仙石……

作者： 楊柳

編輯： 吳苡澄、繆穎

設計： 4res

出版： 紅出版（青森文化）

地址：香港灣仔道133號卓凌中心11樓

出版計劃查詢電話：(852) 2540 7517

電郵：editor@red-publish.com

網址：http://www.red-publish.com

香港總經銷： 聯合新零售（香港）有限公司

台灣總經銷： 貿騰發賣股份有限公司

地址：新北市中和區立德街136號6樓

(886) 2-8227-5988

http://www.namode.com

出版日期： 2022年11月

圖書分類： 小說

ISBN： 978-988- 8822-29-4

定價： 港幣98元正/ 新台幣390元正